Gesammelte Schriften
Walter Benjamin

单向街

[德] 本雅明 著
陶林 译

江苏凤凰文艺出版社

图书在版编目（CIP）数据

单向街 /（德）本雅明著；陶林译. — 南京：江苏凤凰文艺出版社，2015（2023.09重印）
ISBN 978-7-5399-7865-9

Ⅰ.①单… Ⅱ.①本… ②陶… Ⅲ.①随笔－作品集－德国－现代 Ⅳ.①I516.65

中国版本图书馆 CIP 数据核字(2014)第 269337 号

书　　　名	单向街
著　　　者	（德）本雅明
译　　　者	陶　林
责 任 编 辑	黄孝阳　邹晓燕
特 约 编 辑	聂　斌
出 版 发 行	江苏凤凰文艺出版社
出版社地址	南京市中央路 165 号，邮编：210009
出版社网址	http://www.jswenyi.com
印　　　刷	江苏凤凰新华印务集团有限公司
开　　　本	880×1230 毫米　1/32
印　　　张	7.375
字　　　数	150 千字
版　　　次	2016 年 3 月第 1 版　2023 年 9 月第 6 次印刷
标 准 书 号	ISBN 978-7-5399-7865-9
定　　　价	29.80 元

（江苏文艺版图书凡印刷、装订错误可随时向承印厂调换）

目录

序言　本雅明的投影仪（陶林）\1

单向街\1

机械复制时代的艺术作品\73

讲故事的人\108

评弗兰茨·卡夫卡\144

摄影艺术的简史\181

代后记　大众、经典和文艺之霾（陶林）\202

本雅明年表\218

瓦尔特·本雅明

序言　本雅明的投影仪

陶　林

跟哲学家的发疯一样，一些哲学家的死亡，永远是人类文明史上非常耐人寻味的事件。这种耐人寻味从苏格拉底开始，自他因"渎神罪"之名而被众人投票判处死刑以后，哲学家之死成为管窥人类生存境况的一个重要标尺。智者必须要为社会群体的愚蠢、狂热或者迷乱付出巨大到生命的代价。死亡是哲学绕不开的问题，在生死的巨大关口，终日沉思的哲学家的所思与所为，为他们一生的思考画了一个耐人寻味的问号。

1940年9月26日，法国与西班牙边境一个小镇波尔特沃（Port bou）的一家旅馆里，一个中年男子吞服了大量的吗啡——吗啡是一种很好的麻醉剂，大量服用吗啡可以导致神经中枢的完全麻痹，让诸如心脏和呼吸系统都停止运作，从而导致窒息性死亡。这个男子无疑是求自杀了。他自杀的原因是，他离开法国去往西班牙的证件被负责边境检查的德国秘密警察——盖世太保认定是无效的。他无法越境，作为犹太人，还将被遣送回出发地点——法西斯德国占领下的巴黎。之后，就是类似奥斯维辛的各大集中营。这个因恐惧、绝望和彻底崩溃而自杀的男子,就是本书的作者:瓦尔特·本雅明。

瓦尔特·本雅明,1892年7月15日生于德国柏林一个富有的犹太家庭,父亲原是一名巴黎银行家,之后来到柏林成为一个古董商。本雅明曾在弗莱堡、慕尼黑、柏林和波恩研究哲学。1919年,本雅明以《德国浪漫主义的艺术批评观》一文获得波恩大学博士学位,但未能顺利取得大学教授资格。他的教授职位论文《德国悲剧的起源》曾被法兰克福大学否决,其评介是"像一堆烂泥,满纸不知所云"。但如今该书却成为二十世纪文学批评的经典。因为没有谋求到大学教职,本雅明在柏林以一个自由作家和翻译家的身份谋生,还做一点类似占星术的精神病理学的研究。1933年,他因身份(犹太人)和政治立场问题(支持苏联和布尔什维克)被刚上台的纳粹驱逐出境,移居法国,并成为"社会研究所"(即赫赫有名的"法兰克福学派"前身)成员。法国被纳粹占领后,为了躲避盖世太保,1940年,他又移居至西班牙边境小镇波尔特沃,在那里写下了许多重要的作品,如《论歌德的〈亲和力〉》《德国悲剧的起源》《单向街》《机械复制时代的艺术作品》《1900年左右的柏林童年》以及传世名作——《巴黎拱廊街》等。

众所周知,1940年是纳粹德国在欧洲气焰最为嚣张的一年。在这一年里,希特勒在整个欧洲如入无人之境,上半年一举占领了丹麦、挪威、荷兰、比利时,到了6月,法国总理贝当宣布向德国投降。紧接着7月,希特勒宣布执行"海狮计划",进攻不列颠。与陷入溃败的整个欧洲相比,立场亲苏的犹太人瓦尔特·本雅明在纳粹铁钳面前的不堪一击,更是显而易见的。特别是1939年苏德签订了互不侵犯条约之后,身为马克思主义者的本雅明,更对自己心目中的战友彻底绝望了。他一直以来坚定不移地批判资本主义，如今却被他所理解的资本主义世界之外的东西——极权之下最为纯粹的暴力，逼迫得走投无路。毫无疑问，他的自杀，完全源自于对纳粹暴力的恐惧。是纳粹以及那种无处不在的暴力，把本雅明活活地给吓死了。

本雅明对自己的自杀做过充分的准备。处于第二次世界大战的风暴眼中，他坚信这场大战的最终结果是一场史无前例的毒气战，整个文明的世界将全部完蛋。非常矛盾的是，本雅明死前却极力掩盖自己的自杀行为。在同年10月份的回忆里，他的一位友人这样记录他的自杀："本雅明叫我过去。他告诉我，他晚上十点服用了过量吗啡，要我设法将这件事说成疾病，交给我一封写给我和阿多诺的信……然后他就昏过去了。我按照他的意愿，为他叫来一位医生，为他诊断为脑溢血……"

本雅明的天性很像卡夫卡，细腻、敏感、脆弱。他对自己的性格说得很准确，是一副"土星"的性格。在西方的占星术中，"土星"代表着与他类似的多液质的敏感人格。美国当代女学者苏珊·桑塔格曾在《在土星的标志下》一文里系统地评述过本雅明。她一方面非常欣赏本雅明这种"忧郁质"的土星的气质，缓慢，宁静，沉思，是真正的知识分子应有的气质；另一方面，她又中肯地指出，本雅明"生性迟缓、优柔寡断，以致有时不得不用刀子为自己开辟道路，有时就把刀尖最终对准了自己"。故而，本雅明并非像他自己想象的那样，是一个搅动时代潮头的"左派革命者"。在桑塔格看来，本雅明不左不右，是个生不逢时的末代文人："这个欧洲最后的知识分子，面对末日审判，带着他所有的残篇断简，为精神生活作出辩护。"不能不说桑塔格是本雅明的知音，而本书正是

3

取用桑塔格所亲自编订的本雅明英译全集中的《单向街》而翻译的。

在我看来,说本雅明是"欧洲最后一名知识分子",倒不如说他是一个唐·璜式的纨绔子弟。这里并无贬义的成分,仅仅是一种文化意义上的阐述。在讲究出身、门第、家规、贵族、上流风范的老欧洲,这种被人不屑的"纨绔子弟"风格,往往倒是现代个人主义的起源,声名狼藉却特立独行的个人主义者们也是一道风景,酝酿着未来世界的无限可能性。本雅明就像是自己所倾心并津津乐道的那些个前辈:波德莱尔、叔本华、尼采、卡夫卡、克劳斯……自小因家庭的富足而并不关心也不擅长生意、荣耀门庭、人情往来之类的俗务,转而专注个人兴趣的培养与发展。他们的人生似乎过得随性而随意(特别体现在他们的婚恋与理财方面),尤其注重追求个人独立的生活与思想空间。

本雅明非常像浪迹天涯的唐·璜,一生都在颠沛流离中度过,没有固定工作,靠家产和写作在德国、瑞士、西班牙、法国、意大利、俄国等不同国家的城市里生活,是一个典型的"欧洲观察家"。他喜爱收集旧玩具、邮票、明信片和仿真缩微景观,最大的嗜好,则是收藏各种各样的书。他可以在一页纸上密密麻麻地写上一百行字,还热衷于犹太教的神秘主义(有类于我国的黄老之术、易学等)星象、占卜之类。这些奇奇怪怪的个人小爱好,构成了本雅明独特的学术气质,也造就了《单向街》这个独特文本迥异的气质,零碎的意象,自由的阐述。

就像其天性一样,本雅明的研究和写作,也是随兴而起、随感而发,这种感发式的写作,在这部《单向街》中体现得非常明显。信手拈来的器具、标志和意象,加以阐述和申发,仿佛是本雅明在炫耀、摆弄着他思想里个人收藏的那些各式各样好玩的玩意儿。那些零碎意象中的意趣,每一个都极为深长。一直以来,文化界和文学界对本雅明的身份很难界定:哲学家?文艺评论家?思想家?散文家?因为他们很难按照标准的学术规范来界定他。有人曾这样陈述本雅明的生存悖论与困境:"他既是诗人神学家,又是历史唯物主义者,既是形而上学的语言学家,又是献身政治的游荡者……在纳粹德国,他是一个犹太人;在莫斯科,他是一个神秘主义者;在欢乐的巴黎,他是一个冷静的德国人。他永远没有家园,没有祖国,甚至没有职业——作为一个文人,学术界不承认他是他们中的一员。他所写的一切最终成为一种独特的东西!"说得非常准确,一笔勾画了本雅明全部的尴尬,在任何一个场域里,他永远是一个异乡客,一个槛外人。

显然的,尽管一辈子都在书斋里工作,本雅明并非一个书斋式的学者,或者说一个以学术谋生、谋体面的研究匠。他更像一个做研究和思考工作的行为艺术家。在我看来,正如自然科学界曾有过的博物学家一样,本雅明无疑是一个"博文学家",他的兴趣流连在人文学科的每一个门类中,并都有建树。事实上,在传统的经典时代,任何一位文化大师,大多是博文学家,他们的写作一方面建立在对文化巨大的热爱与兴趣上,一方面建立在通博的学习和识量上。本雅明毫无疑问是一位博文学家,他总是一个先知,洞见了现代思潮在资本主义时代的纵深发展,对所谓"机械复制时代"的艺术有深刻的洞见:讲故事艺术的消亡,艺术品"灵韵"的消失等等,将使未来人们的艺术感知陷入巨大的困境。如今互联网的信息时代冲击,这种艺术的困境越发显得严重了。因此,本雅明很推崇独立的文艺批评:"批评探求艺术作品的真理内容,而评论探求它的物质内容。因此,文学评论家如同化学师,而文学批评家则是炼金术士,他能穿透并拆解作品的物质内容,将永恒的真理内容提炼并释放出来。"他希望文艺批评能有一种点石成金的神奇效用。但无疑,若想要这种效用的发生,只在于像他这样炼金术师般的批评思想家们能更多地涌现,或者那些光照文化历史的博文学家、"最后的知识分子"能再度复活,才能真实地引导这个世界的文艺。

本雅明深怀着犹太传统的弥赛亚主义思想,对文明的衰亡深怀绝望。他在一封信里深刻谈论人、自然、历史的种种悖论:"将历史表现为一场诉讼,人类同时也作为沉默的大自然的代言人起诉创世和预告的弥赛亚的爽约,但法庭决定为未来讯问证人。出场的有诗人,他感觉;有画家,他观看;有音乐家,他聆听;有哲学家,他知道。他们的证词互不一致,尽管大家都为弥赛亚的到来作证。法庭不敢承认自己没有主见,因此没完没了地进行新的起诉,就像新的证人很少一样,进行了拷打和迫害。陪审席上坐满了活人,他们怀着同样的不信仰听起诉人、证人讲话。陪审员的位置遗传给他们的儿子,他们的心中终于出现了恐惧,担心他们会从席位上被赶走。最后所有的陪审员都逃走了,只留下起诉人和证人。"

可惜的是,本雅明对未来想得太过于遥远和悲观了一点,也就太过草率地选择了死亡。在他死后的第二天,一件异常诡秘的事情发生了,负责边境检查的秘密警察前来通知这位死者,他的那些保证过境的文件经复核审查,又被认定是有效的,他可以合法进入西班牙了。一旦能够合法进入西班牙,他就可以由此转赴美国。在美国,为他提供签证担保并协助制定逃离虎口计划的好友霍克海默,正隔着大洋彼岸翘首企盼,张开双臂等着他走向自由。可是本雅明却最终死在了虎口,在距离自由仅有一步之遥的地方……

本书的主体部分——《单向街》,正是博文学家本雅明的一部经典代表作。正如本雅明自己所隐喻的,它像一个投影仪,把他思想深处方方面面的小收藏展示出来,介绍给众人听:断想、纲领、启发、洞见、哲悟、随感……与个人际遇、情感、生命和灵魂紧紧贴在一起。这种独一无二的文本形式,承接着欧洲的格言哲学的传统(如马可·奥勒留、帕斯卡尔、尼采等等),又启发了后来者(如福柯、罗兰·巴特)絮语式的文本,虽无体系之严整与统一,亦有击中人心的力量。本雅明比任何人更确信,获得鲜活的灵魂远比获得坚硬的精神更接近智慧。

本书的题献是给阿西亚·拉西斯。这位拉西斯是本雅明生命中最重要的一个女人。在此之前,他的感情生活可谓一波三折。他青年时代草率地与一个女子订过一次婚,不久,遇到了一位有夫之妇朵拉。两人相互吸引,最终本雅明退了婚,朵拉离了婚,两人结了婚并生了一个儿子。1920年,全球经济危机爆发后,本雅明的生活和他的婚姻一起陷入困顿。他的妻子爱上了他的朋友,而他则爱上了另外一个女子尤拉。混乱的感情,令本雅明的生活混乱不堪。他与朵拉也分居了。1924年春天,本雅明来到意大利完成博士论文时遇到了来自苏联的女导演阿西亚·拉西斯。拉西斯年轻漂亮,身上洋溢着青春的朝气,更重要的是,她向迷茫中的本雅明介绍了苏俄现状,并吸引了本雅明接触到马克思主义理论。虽然本雅明与拉西斯非常相爱,但那纯粹是一种精神上的相互欣赏与共鸣,一场彻底的柏拉图之恋。无论是国籍、年龄、出身还是婚姻现状，太多的不可能横亘在他们之间。为了能与之结合，本雅明付出了很大的努力：他和朵拉离了婚，千方百计想为拉西斯办理留居德国的"绿卡"，但最终他们也还是没有能够走到一起。自1930年以后，他们一直保持着通信，却从未再见面。不过，正是因为蕴含着这种百感交集的"爱意"，整个《单向街》的文本被一种朦胧的、充满灵韵、忧伤又甜蜜的光辉笼罩着，散发着永恒的迷人魅力，赛过一切珠宝、钻石的莹亮。

就此，本雅明说："在爱情中，大多数人寻觅一个永久的家园。但还有很少一些人则寻求永远的漂泊。后一种人属于犹豫者类型。他们尽量避免与母土发生联系，他们寻找能够使他们远离家乡愁苦的人。对这样的人，他们保持着忠诚。"

由于《单向街》的特殊文体风格，读者或许无法充分领略本雅明思想与写作的全貌。本雅明是二十世纪西方重要的马克思主义批评家，他的智慧并不仅仅在于《单向街》这样感悟式、碎片式和絮语式的小品文作品，更在于他的诸多大部头的美学和批评论著。很多读者知道本雅明，只因为他的《单向街》，并且只限于他的《单向街》。故而，为了有助于读者朋友们充分了解这位思想深邃的作家，本书中还收录了本雅明很具代表性的几篇文章：《机械复制时代的艺术作品》《讲故事的人》《评弗兰茨·卡夫卡》《摄影的简史》等。让读者了解一下本雅明作为一位思想家，进行整体性思考的魅力所在。这些文章分别涉及了艺术环境、叙事学、文学个体评述、影像艺术的批评等不同的方向，展示了作者宽阔的批评视角和极富穿透力的洞见。这些文章中的很多观点，奠定了后现代主义文化思潮的基调，并预言了新的历史条件下美学的新潮流、艺术的新变化。时过境迁，在当下来对照本雅明的这一系列的判断,让人不能不叹服他的远见与卓识。

  本书翻译过程中,要感谢南开大学外语学院的王小可博士,及德语哲学专业的张曙博士所提供的帮助。通过这次译介,结识两位优秀的青年俊杰,甚感荣幸。

            2014年8月于海滨寓所

她,阿西亚·拉西斯,正是这条街的工程师,在作者心中铺就了道

单向街①

> 这条街
> 名为阿西亚·拉西斯②街
> 她正是这条街的工程师
> 在作者心中铺就了道路。

加油站

时至今日,事实左右着生命构建的力量,远远比信念更为强烈。而且,很多的那些事实,几乎从来没有变成过信念产生的基

---

① 译者注:此书名字面的意义为"仅一条出路的街"(one—way street),又被译成是"单行道"。但无论对比德语原文、权威的英文译文,还是追索本雅明的本意——一个方向的街道寓意着时间,"单行道"都是不妥的。故经慎重考虑比较,还是选择译为"单向街"。

② 译者注:阿西亚·拉西斯,本雅明的女友,为苏联女导演,对本雅明倾向左派的思想产生巨大的影响。

础。在这种情况下,真正的文学活动,并不要求文学对于社会结构发挥积极的作用。相反,这是文学通常的表达自己对现实无能为力的表现。真正具有意义的文学的主要功能及其有效性,不能只是传统的那种外在形式。它们有另外的表现形式,其相应的影响力,必须在宣传小册子、杂志文章和广告海报中展示出一些不显著的形式。与书籍千篇一律的精致面孔不一样的是,这些形式能较好地在社会生活中产生影响。信念在社会这部巨大的装置中,可以被想象为机油和机器的关系,人们并非站在整台涡轮机前倾倒机械油。你只需要在隐藏的铆钉和接口处,注入你知道必须要用的那一点点就成了。

早餐室

一个至今流传的传统民间传说告诫我们说:第二天一早醒来,不要空着肚子讲述昨夜的梦境。那时,醒来的人还处于灵魂出窍的状态,实际上,依然处于梦境的控制之下。也就是说,他的沐浴只是唤醒了肉体的表面和它外在的运动能力。而在更深一层面,即便是在晨起的沐浴中,夜晚晦暗的梦境并没有褪去。实际上,它紧紧地依附在人们刚刚睡醒的那种孤寂之中。不想走入白天的人,不管是对人的惧怕,还是为了保持内心的宁静,都不会去吃早餐,甚至非常厌恶早餐。所以,他们以这种方式避免自己在昨夜和今天这两个世界之间的更替。只有驱散了梦境,这种躲避才有意义,用上午全身心投入的工作或者用虔诚的祈祷来完成驱逐。除此之外,只能导致一片混乱节奏的生活。在这种情况下,叙述梦境是灾难性的。因为,这个人依然沉浸在一半的睡梦世界里,倘若他背叛了梦中的密谋,那么他必须去承担梦境的报复。用更为现代的话来说，他在梦中显示了他的天真，他背叛了自己。他已经成长，不需要幼稚梦境的保护，并毫不犹豫地把手放到梦幻的脸上。他放弃了。毕竟，只有从光明彼岸，从对无边日光的超群的记忆中，才能呈现梦境的内容。在此之外，只有把灵魂洗涤干净，才能潜入梦境的真谛当中。它通过胃部。清醒的说梦人在讲述梦境时，永远徘徊在梦境中。

113号

包含着意象的时光，
已经穿越梦境的房子。

地下室

我们早已忘却了建筑我们生活这栋房子时所举行的那些仪式。但是，如果它受到了袭击，且敌人的炸弹已经对这栋不幸的建筑造成了损伤，那么，它所暴露出来的，不正是本来就建筑在倦怠废墟上的软肋！有什么东西被击落在咒语之中，作为牺牲品？废墟下掩埋着那么多的古董收藏室，而最为普通的事物，则保留着最深刻的通风管道。在一整夜的绝望中，我看到我和我学生时代最要好的队友在一起（我已经几十年没有想到他了，也不知道为何在这个时候记起那段时光），热烈地重温昔日的友谊和兄弟情谊。但当我"觉醒"起来，很明显的，我通过他的死而知道什么叫绝望。因为他那展示在众人面前的赤裸的尸体，他曾被关在高高的围墙中以示警告：将来在这里生活的人，绝不应该像他那样。

前　庭

参观歌德的故居。我不能想起在梦中已经看过的房间。那是粉刷得非常洁白的走廊,就仿佛在一所学校里。此外,我还梦到了两名年龄较大的英语游客和一名馆长。馆长请我到走廊最尽头的那个留言板上去登记。当我打开那个登记簿浏览,我发觉我的名字,已经被用大大的、粗笨的、儿童版幼稚的字母写在上面了。

餐　厅

在梦中,我看到自己在歌德的书房里。它与他在魏玛的那个书房毫无相似之处。首先,它是非常小的,只有一个窗口。靠着墙的办公桌,也非常窄小,正对着窗户。坐在桌子旁书写的是一个高龄的老诗人。我侍立在一旁,这时候他中断了自己的创作,停下来,递给我一个小花瓶作为礼物送给我,状如一只古老的船只。我把它翻过来,双手抚摸着它。一股巨大的暖流在房间里弥漫。歌德起身,和我一起走进隔壁的房间里。那里,有一张长条桌为我的家人准备好了。可是那些座位远远多于我的家人数目。看来,他也为我的祖先们一并准备好了位置。在桌子的最右边,我在挨着歌德的一个座位上坐下来了。饭吃完了,他吃力地起身,我恭敬地扶住了他。当我的手触摸到他的胳膊肘时,我忍不住激动得热泪盈眶。

FOR MEN(致人们)

仅仅靠劝说是不会有任何结果的。

标准状态

对于英雄来说,已经完成的作品分量要远远轻于那些未完成的工作碎片,这一情愫将贯穿他的一生。因为只有性格较为

在梦中,我看到自己在歌德的书房里。当我的手触摸到他的胳膊肘时,我忍不住激动得热泪盈眶。

暗弱、精神涣散的人,才能在完成一部作品后有其无法比拟的喜悦和快乐的感觉,让他的生命有巨大的补偿。对于天才来说,每一次命运的沉重打击,跌落在任何的困境中,都像温柔的睡眠一样与他在自己的工作室内的勤奋工作相伴。他未完成的作品呈现了工作室的魅力:"天才就是艰苦的工作。"

回来吧,大家都会被宽恕!

就像在单杠上做转体回环那样,每个人在年幼的时候,都亲手转动过抽彩的幸运轮。因为只有在十五岁时尝试过的事物在将来有一天,对于我们才成为精神的兴奋点。因此,有一件事是一个人永远也再不会去做的,必须要从他的父母身边逃避出来一次。那些年里,那自由不羁的户外幸福生活美妙无比,就像一个装满美酒的水晶杯那样晶莹剔透。

气派的十居室住宅

有一种侦探小说,对十九世纪后半期的家具风格做出了绝无仅有的细致描绘。在这种侦探小说渲染的氛围里,居室的恐怖处于中心。其中,公寓里的家具配置也是致命陷阱的布局安排,而房间的布局则规定着受害人的求生路线。这种侦探小说的鼻祖是爱伦·坡——也就是说,在他的时代,那种居室还并不存在——伟大的作家们都能够对他们面对的未来世界作出想象。正如波德莱尔诗歌中的巴黎街道是在1900年以后才出现的,陀思妥耶夫斯基小说中的人物之前根本不存在一样。十九世纪六十年代到九十年代市民的室内,往往陈设着木雕的巨大橱柜,不见阳光的角落里还摆放着棕榈树,阳台上还严密地装上防护栏。

长长的走廊里,煤气火焰的气息如歌如魅。这样的气氛,只适合于死人居住。"在这样氛围的沙发上的姨妈,只有被谋杀。"只有死人才会对奢华而暮气沉沉的室内环境感到心安。在涉及东方的侦探小说里,比东方风景更吸引人的是那奢华的室内摆设:波斯地毯,矮小的沙发,纯银的吊灯,以及高加索风格的匕首。在高挂的克里木挂毯背后,怀揣着股票的房主正饮酒行欢,感到自己是东方王国的主宰者,直到床上悬挂着的银饰匕首在一个美满的午睡中结束了他的生命。这样的居室的特点,就是永远在颤栗之中,等待着那个无名的杀手。就像一个老太太等待她的情人一样。有一些作者深谙这一点,他们作为"犯罪小说作家"丧失了应有的声誉——也许是因为在他们的著作中,过多地描写了乌烟瘴气的资产阶级公寓。柯南·道尔的一些作品,以及女作家 A·K·格林的一部重要作品,都证明了这一点。而加斯东·勒鲁的《歌剧魅影》则将这种体裁推向了顶峰,那是十九世纪伟大小说的代表作之一。

中国商品

在当今的时代,任何人都不能依赖他的"能力"而强硬,成就在于即兴的创作,打破规则,决定的一击来自左手。

一条小道沿着小山延伸下去,通往尽头处那一扇大门——那扇我晚间将去拜访的那个人家的门。自从她离开之后,洞开的大门就像失聪的双耳一样在我面前耸立。

一个穿上睡袍的孩子,是很难被人劝服去向刚刚来的客人问好的。人们试着用高贵的礼仪教会他不要太害羞,但都无济于事。而就在几分钟后,他突然一丝不挂地出现在客人们的面前。

在此之前,他只是去洗了把澡。

无论是置身其中还是乘坐飞机从其上飞过,乡间的道路都充满着一种特别的魅力。一个文本的力量也是如此特别,无论你是阅读它还是誊写它。乘坐飞机的人只看到道路如何在大地中延伸,如何随着地势的高低而伸展。但只有他走在其中,才能切身感受到道路所具有的命令的力量,就像前线一个司令官控制他的士兵那样,把飞行员眼中的平面空间,变成了对远近、视点、光线和全景的召唤。只因如此,抄写文本就这样指挥着抄写者的灵魂,而一个单纯的读者是绝对不会发现文本中的新观点的,他绝不会发现文本如何穿越叙述的丛林找到一条通往内心的新道路。因为纯粹的读者在他如梦般的阅读过程的遐思中,依然不时地跳动着自我的脉搏,而文本的抄写者们却听从它的指挥。因此,中国人所誊抄的书籍,就这样无与伦比地成了文学文化的保证,而那些书籍就像成绩单一样,是解开中国文化之谜的关键。

手　套

人们在与动物打交道时最主导的厌恶感是因被它们认可而感觉恐惧。人内心深处有这样一种黑暗的意识,是非常令人震惊的:意识到人的举止与使人讨厌的动物并没有多大差异,因而能被动物所认同。所有的厌恶都是对接触的厌恶,对这种厌恶感的控制只能通过暴烈的行动去实现:由此去杀死动物,吞食它们,即使触碰它们敏感的表皮都是禁忌。唯有如此,才能达到那矛盾重重的道德要求:克服人类厌恶感的同时,又小心地保存它。人无法否认自己与另外生命体之间存在的动物性的关联。它是活着的东西,就会令人感到厌恶。无论如何,他要使得自己成为动物的主人。

墨西哥使馆

每当我从一尊木雕神像,一尊镀金的佛像或者一个古玛雅人神像前走过,我都会自言自语,或许那才是真正的上帝。

——波德莱尔

我曾有一个梦,是自己成为一个研究团队的成员,远征墨西哥。当我们穿越一片高高的原始丛林,来到深山里的一排在地上的洞穴群中。而在那里的山上,有至今还保持着第一批传教士时代风格的僧侣团。僧侣团的兄弟们,还在当地人中持续进行着他们的传教工作。在一个巨大的、有着哥特式尖顶的洞穴里,人们自我封闭着,正在按照最传统的方式做着弥撒仪式。我们走近了洞穴,正遇到了仪式的主要部分:一个传教士将一尊墨西哥神像高高举起,直对着洞壁墙上所挂着的木制圣父像。面对此情此景,圣父的头从右向左连摇三次加以否定。

推荐以植物培育的办法来栽培公众

什么问题得到了解决?我们生活中的所有问题,不都是像一棵阻挡我们前进视线的树那样在我们身后倒下了么?我们从没想到把这棵树连根伐倒,甚至也没有想把它弄得稀疏一点。我们继续前行,把它们留在我们身后,从远处看虽然还能看到它们,但完全是可以忽略不计的,也模糊、朦胧得多。正因为如此,它才显得格外神秘地交织在一起。

评论和翻译行为对于文本就好像是风格和模仿对于大自然,它们都是从不同的角度看待对象。对于神圣的文本之树,二者只不过是永远沙沙作响的树叶,而对于平庸的文本之木,它们则是烂透时坠落到树叶覆盖中的果实。

恋爱中的人不仅仅迷恋情人的"错误",迷恋一个女人的弱点与怪癖,而恋人在脸上的皱纹、斑纹,寒酸的衣服和有点歪斜的姿态,都会比所有的美更能牢固地吸引他。长期以来,人们一直知晓这一点。但这是为什么呢?有这样一种学说声称:感觉并不是由头脑产生。我们并非由大脑发出了对一扇窗、一棵树的感觉,而主要是我们看到它们时具体情景中的感觉。如果这种学说正确的话,那么我们看待恋人时更是绝对远离理智的。不过,这时我们永远会处于令人深感折磨的紧张和烦恼之中。我们的感受会像一群小鸟那样,在女人的辉煌里盘旋,而且也会像藏身在枝繁叶茂中的小鸟那样,在恋人身上的皱纹、笨拙的手势和并不起眼的缺点之中寻求庇护。在那里,它们能够感到踏实,安然自在,任何人都不会猜测到,正是在这个地方,在有缺陷和易受指责的地方,爱恋的飞鸟筑巢而居。

建筑工地

以迂腐的方式去苦思如何制造适合儿童的东西,如直观的仪器、玩具,是非常蠢笨的行为。自启蒙运动以来,这种想法便一直是教育工作者最迂腐的空想之一。他们对心理学的自以为是,使得他们忽略了,世界充满了孩子们感兴趣的和供他们玩乐的东西。它们随处可见,实实在在,却独特无比。孩子尤其喜欢那些生产工地,他们感觉到自己参与了世界的建筑,被园艺和家务劳动、剪裁或者木工深深地吸引。从废弃的东西中,他们看到物质世界直接向他们敞开了,而且向他们展示了各自独一无二的面孔。在摆弄这些东西的过程中，他们很少单纯模仿大人的做法，而是按照自己游戏的需要将那些材料放到令人难以置信的全新情景中。由此，孩子们就创造出了一个他们自己的物质世界，一个在大物质世界中的小物质世界。如果谁执意要为孩子们做点什么，即使无法用那个小世界的特有方式去开启通向小世界的门径，那他心中也起码要有那个小世界的大致标准。

内政部

一个人越敌视传统的东西，就越会把周围的人放置到他所认为的未来标准法则中，严格加以苛求。至少，我们看来，对于这些法则，此人有起码的责任在自己的生活中去身体力行。而那些按照自己所处之阶级与民族的最古老传统生活的人，有时候却会刻意将他的私人生活对立于在公共场合表现出来的样子。这样的人，在暗中又觉得自己的林林总总的表现，正有力地印证着自己所奉行的那种古老权威，而没有丝毫良心上的不安。这就是自由的无政府社会主义者和老派的保守政客之间的区别。

旗　帜

行将别离的人是多么容易受到爱慕啊！那是因为，在轮船或者火车窗口所挥动的火焰般的围巾，极大地为送别的人煽动起燃烧得更为纯美的火焰。渐渐行远的距离，像染料一样印染了远去者的心灵，使得他沉浸于内心纷繁的思绪之中。

降半旗

如果一个很亲近的人离我们而去，那么在接下来的几个月里，相信我们会发现有这么多的东西要与他分享。而这些东西正因为他的离去而被我们发现，我们多么愿意与他共享。最后，我们将会用一种他已经无法再理解的语言向他致敬。

帝国全景
——通过对德国通胀巡视所发现的

1. 德国人由其性格中牢牢焊接在一起的愚蠢和怯懦，合成了日常生活中的许多成语。在这些语句中，有一句关于即将到来的灾难尤其值得注意，令人难忘："苦将尽，甘将至。"固守着过去几十年形成的安全和财产的概念，阻碍了一般人对于目前状况显著变化的察觉。很显然地，他们从战前的稳定中获益匪浅，所以对于一切可能会剥夺他们财产的国家都视为是不稳定的。但是，稳定的状态大可不必是令人感到愉快的状态。甚至在战前，还存在这样一种阶层，对于他们而言，所谓的稳定，就是建立在另外一群人的苦难基础上的。衰败与发展同样稳定，这令人非常吃惊。只有承认当前唯一形式是衰落的那种见解，才是超越庸常事件困扰，并可能将堕落当成稳定的状况，甚至当成一种趋势去加以理性判断。也唯有如此，他们才能将救赎当成奇迹或者说不可能发生的非同寻常之事。居住在中欧地区的民族，就像是一个被团团包围着的城邦里的居民。他们弹尽粮绝，按照常理来说，几乎只有沦陷的命运。在这种情况下，逞英雄是无力的，只有认真考虑投降，或许才有一线生机，或许连一线生机也没有。因此，中欧人感到自己无法在既看不见也听不见的力量中左右自己，只能对危机的致命一击被动地等待，将目光转向虚无。虚无是非同寻常的，而只有非同寻常才能有所挽救。但是，这种对愿景低期望且毫无怨言的关注,或许真能召唤出奇迹来。而那种认为"苦将尽,甘将至"的期盼最终有一天会得到相反的教训:对于个人和群体所遭受的苦难来说,超越了"苦将尽,甘将至",只有一个边界存在,那就是:彻底毁灭。

2. 一个奇怪的悖论:人们在做事时,脑子里只会想着最狭隘的私利,可是,他们的行为要比在任何时刻更受到大众直觉的限制。而此时,大众的直觉又要比任何时候都要错误百出和脱离实际。正如无数轶事所展示的那样,动物们的原始直觉似乎还在看不见危险逼近时,都能找到逃避的方式,而由这个盲从的大众组成的社会就连身边的危险也觉察不到。他们因个人的不同兴趣而对总体上决定性的力量茫然无所知且不知所措。这个社会里,每个人都盯着自己眼皮子底下那么点低级的享受,用动物般原始的激情去追求它们,但却缺少动物那原始的洞察力。事实一次又一次地表明,他们对已习惯但早已失效的生活习俗是如此固执,以至于最大的危险来临之时,他们都无法运用人本身所具备的那种智慧与直觉力。所以,他们给人留下了非常笨拙的印象:没有自信,与生俱来的本能都在丧失,疲软无力,智力退化。这就是当下德国市民的整体状态。

3. 一种几乎难以忍受和无可抵御的情形出现在所有亲密的人际关系中,它使得那些人际关系几乎无法再维系下去,因为这时,一方面金钱处于生命趣味的核心;另一方面又几乎使得所有人的关系停止了。于是,那种不假思索的信任,在宁静和健康的自然行为和礼仪活动中,渐渐地消失殆尽。

4. 人们习惯谈论的"赤裸裸"的状态不是没有道理的。在苦难的法则中,对这种悲惨状态的展示会成为一种德行。只要稍稍

人们盯着眼皮子底下那么点低级的享受,用动物般原始的激情去追求它们,但却缺少动物那原始的洞察力。

展露苦难中的一小部分,就能成就这一德行。这样的展示中最不安的并非唤起旁观者的怜悯或者对自己安全的沾沾自喜的可怕意识,而是他的羞辱。在德国的大城市里,生活是难以为继的。饥饿迫使不幸的人们靠银行支票生活,匆匆走过的人们试图用负欠的支票掩盖自己难堪的破败处境。

5. "贫困并不能使人蒙羞。"不错,但贫困使得穷人蒙羞。他们一边使得穷人蒙羞,一边还用这样的话来安慰穷人。这是一句我们曾经确信过,但现在看来非常过时的空话。它与那句套话"不劳动者不得食"没有什么不同。当人们为了养家糊口而工作之时,贫穷就开始羞辱着穷人们。除非这种贫穷单纯是由残疾或者其他不幸所造成的,才不会使人觉得羞辱。但是成千上万的人,生来就被卷进贫穷当中,却会使人蒙羞。肮脏和贫穷像一座高高的围墙那样将他们围起来,那是由看不见的手筑起的,正如一个人独处时能为自己担当和忍受许多不幸,但他的妻子看着他的不幸时,他就会深感羞辱一样。所以,只要独自一人并能将一切掩盖住的时候,人就能忍受很多的痛苦。但是,当贫穷像巨大的阴影降临到他的同胞或者他的家庭头上时,人就再也不会安于贫苦了。那时,他对蒙受的每一次耻辱都十分敏感,并将其看管好,直到蒙受的苦难不再将他引向沉沦的末路,而是引向奋起反抗之路为止。但是,只要报纸上每天每小时谈论一次命运的每一次最不幸、最无辜的打击,徒劳地阐述它们的来龙去脉,那么,人们就绝对不会走向反抗之路。因为,这样的谈论和陈述不会使人看清操控他们生命的晦暗之力。

6. 对一个在德国短暂旅行过并粗略了解过德国人的外国人来说,这个国家的人的怪异一点不亚于一个神秘的游牧民族。有

15

位见识广博的法国人曾经说过:"德国人很少弄懂自己。如果有朝一日他们弄懂了自己,那也不会公之于众。即便他们说出一点点,也不想让别人明白。"战争扩大了德国人与这个世界令人绝望的距离。那不仅仅是因为新闻报道中所说的德国人犯下了事实和传闻中那种种令人发指的罪行。在其他的欧洲人看来,使德国人真正处于孤立状态的是那些外人根本无法理解,而受其操控者却无法体察到的那种强烈的民族情绪,特定的生活境况、贫困和愚昧无知就借助它使得人处于完全听命于集体的力量中去。就像那些原始民族的生活完全由部落规矩来定夺一般。也正是这一点,使得一般的欧洲人对德国人持有如此的看法:与德国人相处如与霍屯督人①相处一般。在欧洲人的所有品质中,最具有欧洲特点的是那种或多或少的幽默感,正凭着这种幽默,各不相同的人需求着他所适合的集体的生活方式,而德国人则完全丧失了这一品性。

7. 如今,交谈的自由都丧失了。如果说,人们在以前的交谈中关心对方是理所当然的,那么,现在这种关心则被询问彼此的鞋价或者雨伞价格所替代。人们每一次的交流都不可避免地要涉及生活状况或者是钱的问题。人们这么做既不是为了在碰到麻烦时彼此能有所帮助,也不是为了调查彼此的生活状况,仅仅像是被一出戏吸引而不能自拔。他们不得不选择这样的生活,因为他们只有屈从于时代剧院的演出,不管他们愿意不愿意,或者希望不希望,都一再思考它并去谈论它。

8. 只要衰退的恐慌没有退去,谁都毫不迟疑地为自己辩护,

---

① 译者注:霍屯督人,南部非洲的种族集团,自称科伊科伊人。主要分布在纳米比亚、博茨瓦纳和南非。这里代指野蛮未开化种族。

为他对世界的留恋,当下活动的意义以及对混乱世界的介入。对社会正义的普遍失灵,他提出那么多的看法,对自己的影响、日常和生活瞬间,他提出了那么多的例外。有一种盲目的意志几乎无往不利:宁可从个人生存中换回声誉,也不愿真实估量个人生活中的无力和困境,至少从当下令人迷惑的背景中去消除它。因此,当今世界之所以充满了各种生活力量和世界观,而且这些观点之所以在这个国家所向披靡,正是因为它们几乎总是用来支持某个完全没有意义的个人境遇。正由于此,当今世界被幻象所填满,充满了一种繁荣可能在一夜之间降临到每个人头上的未来气象,因为每个人不可避免地从自己封闭的角度产生错觉。

9. 被限制在这个国家里的人已经无法再看见人性的轮廓了。在他们看来,任何一个自由的人都是异类。让我们想象一下高耸入云的阿尔卑斯山,当映现其轮廓背景的不是天空,而是一块层层叠叠的厚重黑帷幕,那庞大的山体轮廓就永远是模糊的。一块厚重的黑帷幕就这样完全遮蔽了德国的天空,即使连最伟大的人物的侧影我们也看不清楚。

10. 亲切感从物品中消退了。日常物品和缓但却固执地排斥着人们。总体上来说,人们每天在克服这些物品与他们隐秘的对立——不仅仅是公开的对立——的时候,都要付出巨大的辛劳。人们必须要用自己的温暖来弥补它们的冷漠,以便不被它们冻僵,而且必须无比灵巧地去触摸它们的尖刺,以便不至于被它们刺破流血而死。人们并不期待会从身边的人那里得到什么帮助,公共汽车售票员、公务员、售货员、手工业者,他们都感到自己像是某个难于控制的物质力量的代表,他们都努力用自己的粗鲁去实现物质力量的危险性。物质追随着人的衰退,再用自身的蜕变惩罚着人类,即使连这个国家也矢志不渝地卷入到了物的蜕变中去。它像物那样折磨着人们,而在德国一直没有出现的春天仅仅是德国自然环境正变得糟糕的无数相关现象中的一个。人就生活在这个变得糟糕的自然环境中,仿佛包裹着每一个人的气团重力突然消失,违反一切自然法则,而在这个国家里被感觉到了一样。

11. 任何人,无论来自精神还是胜利的冲动,在其实施的过程中都会受到来自外部世界的无数排斥。住房短缺和交通控制正在彻底消灭欧洲有关自由的基本意象:迁徙自由。早在中世纪,这个意象就以特定的方式形成了。如果说中世纪的强制将人束缚在自然的关联中,那么,现在人们则被锁链串在不安的共同体中。很多东西会像遏制自由迁徙这样引发破坏性的暴行,这是未得到迁移愿望满足引发的结果。迁徙的自由从来没有像这样,与交通工具的大幅度发展处于如此巨大的不平衡关系中。

12. 所有的事物在一个势不可当的混合和污染过程中都会失去它们固有的特性。由此,它们的本色就会被一种模糊取代,城市就是如此。大城市本来拥有着使人感到无比安宁和实实在在的威力,它可以将劳作的人关在城堡般的平和中,也能用它们提供的视野夺取人们对自然力的清醒的认识。可是,城市无所不在地侵入,也使得它到处受到破坏。那不是自然景观,而是自由的自然中最令人感到痛楚的东西:翻耕过的土地、大路和那再也没有淡淡红色包裹着的夜空。即使再繁华的街区也会有不安全感,会将城市的居民投入到那种捉摸不透但绝对恐慌的境地,面对不堪入目的孤零零的旷野,值得接受那些城市建筑学的怪胎。

13. 贵族对贫与富的漠视,在制造出来的物品那里,是不会出现的。由于每一个物品都打上其拥有者的印记,因此,拥有物品的人成为穷光蛋,就会以投机者的面貌出现。除此之外,不会有其他的情形。而真正的奢侈应该是渗透着精神和交际因素的,并且这样的因素能使奢侈本身被忘却。可是,如今对奢侈品的展示却如此肆无忌惮地成批出现,以至于其中看不到任何精神性的光泽。

14. 许多民族的最古老的风俗似乎都向我们发出一种警告:我们在领受大自然如此丰富的恩赐时,应该谨防一种贪得无厌的姿态,因为我们无法回赠给大地母亲任何东西。因而,在接受大地的馈赠时要表示出对其的敬意才行。同时,在我们占据它们之前,还要从我们已经获得的东西中还一部分过去。古代祭酒的风俗表现的,就是这种敬意。或许,禁止捡起被遗留的麦穗或者掉落的葡萄都将使之回归到土壤中或者造福于后代的先人那里。雅典有一个风俗,不许拾起餐桌上掉下的面包屑,因为它们属于英雄们。——如果有朝一日社会由于陷入困境和贪婪而蜕化变质,以至于只能掠夺性地向大自然索取,而且为获得更高销售利润而将未成熟的果实从树上抢夺下来,为了吃饱肚皮竟然不惜将每一张盘子清扫一空,这样,大地变得贫瘠,土地也不会有好的收成。

地下工程施工

在梦里,我看见一片空旷的地带,那是在魏玛的集市广场。那里正在进行挖掘工程。我也在沙土中挖。突然,一个教堂的尖塔显露出来。我十分高兴地想：那可能是一座远古的墨西哥教堂，是泛灵论前期的墨西哥神殿。

为女性细致服务的美发沙龙

在某一天的早晨，柏林的库尔佛斯坦达姆地区（Kurfürstendamm）的三千名女士和先生，不由分说地在他们的床上被逮捕。他们将被关押二十四个小时，在午夜时分，一个有关死刑问题的调查问卷，被分发到各个牢房，这份表格要求他们在上面签署大名：要他们在一个给定的情况下，亲自选择一种执行死亡的方式。这样的问题，至今不需要去问，而是由"最佳良知"去表达。因此，这样的问答表，本应由其本人隐秘地根据"他们最佳所知"来填写。所以，天亮之前，有关如何执行死刑的问题会得到解决。在古代，这个时辰还被认为是神圣的，如今在这个国家里，却被奉献给了刽子手。

注意阶梯！

写一篇很好的散文有三个步骤：一个是音乐的，在这个台阶上，它被构思；一个是建筑的，这时，它被建造起来；最后一个是纺织的，在这个台阶上它被织成。

宣誓就职的审计师

正如这个时代和文艺复兴时代有着鲜明的不同一样，它与发明印刷术的时代也截然不同。不管是不是大家所喜欢的一个巧合，反正当印刷术在德国出现的时候，正值书籍这个词通过路德翻译的《圣经》成为书中之王而辉煌无比，成为人民共同的财富。而现在,所有的迹象都表明:书籍这种传统的形式已经开始走向末路。正如马拉美在明显属于传统写作的结晶结构中间,看到了未来写作的真正情形一样。他在《掷骰子》中首次将广告的图形加工成了文字。后来达达主义者进行的文字试验虽然不是由结构出发,而是由文人的精神反应出发的,但不如马拉美脱胎于他的风格而进行的尝试。然而,正是基于此,我们可以看到马拉美在他隐居的斗室里做出发现的当代意义,这些发现是他像一个单子,通过与当时经济、技术和公共生活方面所有重大事件保持某种限定和谐做出的。

　　文字曾在印出来的书中找到了避难所,它在那里保持自律的存在,而如今却被广告无情地拖到大街上,并且屈从于混乱经济生活中残酷的他律性。严格说来,这是对其新形式的一种培训。如果说文字为了最终在印刷的书籍中卧床长眠,几百年前开始渐渐进入逐步湮息的过程,即从竖式的刻印文字到斜面书桌上的手写文字,那么它现在又开始慢慢从静躺中站立了起来。早在报纸那里,人们就把它竖立了起来,比平放着看得更多,而电影和广告迫使文字完全处于蛮横的竖起状态。一个现代人在打开一本书之前,一场如此密集的、由变幻莫测、五彩缤纷而又争论不休的铅字组成的暴风雪便已经降落到他眼前,使他钻入书中远古之宁静的机会变得微乎其微。今天,文字的蝗群已经使大城市居民感到自以为是的精神太阳暗淡无光,它们还将年复一年地变得更加密集。至于商务活动中不得不做的事情则在这方面走得更远。卡片索引导致三维文字的胜利,这就是与文字起源时作为神秘符号或者结绳文字具有的特性,形成令人诧异的对立。但毋庸置疑的是,文字的发展不会被束缚于学术和经济领域的混乱之中,更会出现的情况是:量变走向质变的飞跃,而且越来越深入感受到新奇图像世界,并且会活力充沛地,将其优点展示无遗。对于这种图形文字,想象那些远古时代成为文字专家的诗人,只能身先士卒地参与进去,才能开拓一个全新文字结构的领域,即贯穿统计与技术的结构。随着一种国际运动中文字的创立,他们将要重新树立在人们生活中的权威,并将发现会有某种角色在等待着他们。与这个新角色相比,所有谋求修辞术成就的志向都将是一场古老的白日梦。

教学器具
——写作恢弘大作的原则,如何写一本厚重的书

1. 整个写作必须有从来不间断、叙事词语丰富的写作计划。

2. 特定概念必须严格遵守其定义,不能脱离情景,在全书之中到处出现。

3. 文本里所努力提及的那不同概念的差异,在相应的注释中应重点抹平。

4. 对于一般意义上提及的概念必须举例的,比如提及一架机器的话,就应该列举出机器的所有种类。

5. 所有列举出的客观含义理念,都必须用大量的例子来证实。

6. 能够用图形来表示关系的一定要用文辞去阐明,比如对所有的亲缘关系都必须加以陈述或者阐释,而不是用诸如家族图谱去展示。

7. 所有持不同意见的,若其使用了相同的论据,都要逐个地加以反驳。

当代平庸学者的作品,都愿意自己像目录索引那样被人阅

读,但是什么时候我们会像写目录索引那样去写书呢?假如内涵糟糕的作品是这样被弄出来的,那么,一部无需仔细阅读其伟大意义就会自现的杰作,将更以此横空出世。

只有当规整形式准确直接地左右写作者写作内容的构思,打字机才会使他们的手离开笔。或许,那时将会需要一些字体造型丰富性的新系统。在这样的系统里,手指给予指令的动作将取代如今整个手的动作。

在韵律中按照诗韵学去构思时,每遇到一个不协调的地方就死死追求突破,会造就出可以想象的最美好的文本。光束穿越墙上的裂缝,透射进入炼金术师隐居的小屋,使得玻璃物、球体和角形的铁器闪闪发光。

德国人喝德国啤酒!

暴民们是从对精神生活的狂热仇恨中,找到了消灭精神生活的武器。无论在哪里,他们都能排成队伍,踏着行军的步伐,向一排接着一排的炮火冲锋,即便是进入百货大楼也是如此。在队伍中,每一个人都看到前一个人的背面,每一个人都以做身后人的榜样而感到自豪。几百年来,男人们在战场上一直如此,但排队将贫困的痛苦展示出来,却是女性的发明。

禁止张贴!

作家写作技巧的十三条提纲

1. 每一个打算写作一部重要杰作的人都应该善待自己,每写完一点都克制自己对继续写作的任何一点不良影响的想法。

2. 如果你想谈谈自己已经写完的部分,那是可行的。但是写作过程中,不要将已经写完的部分读给别人听。你因此而获得的每一条满足都妨碍你的写作进度。如果遵行这一原则,想说给别人听的欲望会越积越多,但那最终会成为完成写作的动力。

3. 工作时要想办法躲避日常生活的平庸,带有嘈杂声,不完全的宁静是令人难以忍受的。相反,一段肖邦或者李斯特的乐曲,或者写作时发出的轻小的嘈杂声,与深夜里感受世界的宁静同样重要。如果说后者能够使你的灵魂和听觉变得敏锐,那么,前者就会成为文体的试金石。文体一旦出现,它就会淹没那些外在的声音。

4. 不要随意使用一种书写工具,刻板地坚持使用特定的笔和纸墨是有好处的。这不是奢侈,对这样的器具讲究一点使用是有好处的。

5. 不要让你的任何想法隐姓埋名地一晃而过,要在小本子里仔细地记录下你的每一个思想,就像政府记录外国人那样严格。

6. 让你的笔在灵感面前稍微保持矜持,灵感将借助磁力把笔吸引到自己身边来。对于是否马上写下突然想到的东西,你越是持谨慎态度,它就越以成熟的姿态走向你。演说征服思想,但文字统治它。

7. 决不要停止写作,因为那样一来,你就再也不会忽然想到什么了。这是文学荣耀的一条戒律。只有必须遵守的时辰(比如吃饭、约会)或者在作品完成之后,才可以停止写作。

8. 工工整整地抄写你已经写好的东西,以此来填补灵感暂时的空白,直觉将会在此过程中苏醒。

9. 每天至少画一笔——但也有可能若干星期。

10. 永远不要把自己的作品看作是完美的,假如你没有为它从傍晚一直坐到天亮的话。

11. 不要在你熟悉的书房里书写一部作品的结尾,在那里你可找不到写出结尾的勇气。

12. 写作分为几个阶段:思想——风格——文本。誊写的意义在于,必须誊写得工整和漂亮。思想扼杀灵感,风格束缚思想,文本回馈风格。

13. 已经完成的作品只是构思已经死的面容。

用以反击自认为懂艺术者的十三条提纲

(一个自认为很懂艺术的人在自己私人的办公室内评点艺术,左边是一幅儿童素描,右边是一个古老民族膜拜的神像。这位批评家说:"看到这里,毕加索全部的作品都可以束之高阁了。")

1. 艺术家创作作品,一般人只用文献表达。

2. 艺术品只会附带文献功能,没有任何一种文献会是艺术品。

3. 艺术品是一件杰作。文献只充当教材。

4. 艺术品使得艺术家学到技能,文献则使得读者受到了教育。

5. 艺术品由于完美而彼此独立,而文献在材料性上都是相通的。

6. 艺术品的内容与形式完美统一为其内涵;在文献中,内容占据绝对的主导。

7. 内涵是体验出来的;内容是构想出来的。

8. 在艺术品中,内容只是要抛弃的一种麻烦;而人们越是沉浸到文献中,文献的内容就会越发厚重。

9. 在艺术品中,表现形式的法则是核心,在文献中,根本不需要考虑什么表现形式。

10. 艺术品是综合体,有一种能量中心;文献的丰富性,是通过分析得出的。

11. 艺术品在持续不断的欣赏中得以提升价值;文献则是由意外的方式被把握的。

12. 作品的生命力在于进攻;文献的中立则掩盖了它。

13. 艺术家勇于征服内涵;一般人则躲避在了文献内容之后。

批评家技巧十三条

1. 在文学的战役中,批评家是战略家。

2. 一个没有立场的人只能保持沉默。

3. 批评家与注解既往艺术的人没有任何的共同点。

4. 批评家必须要用艺术家的语言说话,因为文艺圈子的行话是一些概念和术语。批评的呐喊,只有变成行话才能被听见。

5. 如果值得去为之战斗,那么为了流派而牺牲"客观性"始终是值得的。

6. 批评是一种道德问题。如果歌德对荷尔德林、克莱斯特、贝多芬和让·保罗的判断有误,那么,一定是他的道德感觉,而非他的艺术理解力出了错。

7. 对于批评家来说,更高一级进行审判的法院,是他的同行。不是公众,更不是后世。

8. 后世的人不是忘却,就是赞美。只有批评家面对作者做出判断。

9. 论争就是用书中的几句话去毁掉这一整本的书。对于一本书研读得越少越好,只有会破坏的人才会去批评。

10. 真正的论争是如此全力以赴地对待一本书,就像食人族精心为自己准备好一个婴儿那样。

11. 批评家与艺术格格不入,在批评家手里,艺术作品就像是一把在精神战斗中闪闪发光的亮剑。

12. 概括地说,批评家的艺术是:创造口号而不背叛理念。缺乏批评的口号则把思想当做时尚高价贩卖。

13. 公众总是反复被证明是错误的,然而又永远感到必须由批评家来代表自己。

13号

13这个数字,每当我碰到它,都有一种难以抵御的快感。

——马塞尔·普鲁斯特

严格封闭的一本书,还没有人打开过,是等着成为流淌血液的祭品;插入一件武器或者一把裁纸刀,以实现对它的占有。

——马拉美

1. 书籍和妓女,你都可以带上床。

2. 书籍和妓女都可以把自己的时间搞乱。他们主宰着白天和晚上,不分昼夜。

3. 没有人会看到分分秒秒的时间对于书籍和妓女来说都是极为宝贵。但是,只要与他们亲密接触就会发现,他们是那么着急。在我们深入到他们体内后,他们便开始计时。

4. 书籍和妓女一直以来就不满彼此的相爱。

5. 书籍和妓女都有各自的男人,他们靠这些男人讨生活。同时,也会逗弄他们。书籍的男人是批评家们。

6. 书籍和妓女都是对外开放的,都是由学生去研读的。

7. 书籍和妓女,占有过他们的人很少能看到他们的结局。他们往往努力在其凋零之前消失。

8. 书籍和妓女都喜欢胡编乱造去讲述他们如何变成现在的样子。实际上,他们自己往往都没有搞清楚何以然。曾经,他们都年复一年地"出于爱"追逐所有人,可事到如今,他们却只能拖着肥胖的身躯站在街头揽客,而人们只是为"研究生活"才在他们面前逗留。

9. 书籍和妓女都喜欢在展示自身的时候转过身去。

10. 书籍和妓女都有无数后裔。

11. 书籍和妓女 ——"老偏执狂——年轻的娼妇"。多少年之前,曾经声名狼藉的,却让今天的年轻人去学习。

12. 书籍和妓女都当众争吵。

13. 书籍和妓女——书籍中的脚注在妓女那里便是连裤袜里的钞票。

武器和弹药

为了看望一位女友,我来到里加[①]。她的房屋、她的城市和她的语言,我都不熟悉。没有人期待我,也没有人认识我。我孤零零地在大街上走了两个钟头。就这样,我再也没有看到她。每家的大门口都喷出一道火舌,每一块墙石都迸出火花,每一辆有轨

[①] 译者注:里加,拉脱维亚首都,经济、文化中心,波罗的海里加湾的大海港,渔港。

电车,都像救火车一样疾驰而来。她很可能从一个大门里走出来,正拐过墙角,也可能正坐在电车里。但在我们两个之中,无论如何,我必须成为第一个看见另一个的人。因为,假如她将目光的导火索先埋到我身上——那我可能会不得不像一座火药库那般,炸飞到天空中。

急 救

多年来,一个极其混乱的城区,一张街道之网,一直被我回避着。有一天,它突然在我心中变得清晰起来。那是一个我曾经爱过的人搬进去住的时候。那情景,就像有一架探照灯被放置到他的窗子里,用那光束把那个地区,割得七零八落。

室内装饰

短论是一种阿拉伯文字的形式。从表面来看,它不分段,也不显眼,好似阿拉伯建筑的正面一样。在阿拉伯建筑中,只有在庭院里才能看到建筑结构。因此,从外表来看,并不能看出短论的层次,唯有置身其中,它才向你展示出来。即使短论由章节构成,那也是只有数字而无文字标题。论事部分并不像绘画那样丰富,确切地说,是用绵延的纹理密集地装饰着。在这样密集的纹理中,主题论述与铺垫阐述的区别不复存在。

纸张和文具

街道地图——我曾认得一个神经质的女人。在我熟知的供应商名单上,我安放文件的地方,我亲朋的住址以及每一次幽会的地方,到处粘贴着她的政治理念、党派口号、套话与命令。她生活在一个晦暗交叠的城市里，充满了密谋暗语和江湖黑话。那里的每一条巷道都呈现着鲜亮的色彩，每一个词语都回荡着搏杀的声响。

愿景表——"为何不让芦苇充满整个世界——那样世界充满美好的轻柔——愿那无数天才的词句——从我的笔下飞出吧！"这些紧随而来的"极度的渴望"，就像是一颗从缓慢打开的贝壳中滚落的珍珠那样。

口袋日志——没有比以下的特点更能呈现北欧男人的性格了：当他们陷入爱河时，在向一个女子表白之前，无论如何都要先完全地独处一下，带着这种心情独自享受。

镇纸——协和广场：方尖碑。四千年前篆刻下的东西，如今依然耸立在城市最大的广场中。若谁向法老做出过预言——那他该有多大的荣耀感啊！西方最大的文化帝国将在其中心篆刻下自己统治的状况。但这种荣耀真的会实现么？成千上万经过的人不会有一个驻足；成千上万经过的人不会有一个去阅读那些篆刻的文字。没有一条诺言得以兑现，没有任何神谕比之更诡诈。而永恒真理正像方尖塔那样矗立着：运行着周围成千上万的精神交通，但篆刻其上的铭文对任何人都一无所用。

时髦货

骷髅头有着没法说尽的丰富内涵——深邃的黑眼窝——以及最疯狂的表情——两排裸露笑着的牙齿。

某一个人，当他感到自己被抛弃之时，拿起一本书来读，突然发现他准备翻看的那一页已经被撕去。于是，他感到连那一页都不再需要他了。

礼物不仅能感动接受者,还要能让他震惊。

当一位可敬的、有涵养的并注意修饰的朋友,寄给我他的新书后,我拿到它刚要打开时,下意识地正了正我自己的领带。这个动作,令我颇感意外。

一个讲究交际礼节却经常撒谎的人,就如同是喜欢穿着时髦的外衣,却从不穿内衣。

当香烟头冒出的烟雾与在笔端流出的墨水有相同的轻盈,我想我就会是在我的阿卡迪亚①写作了。幸福就是能够认识自己而不感到惊恐。

放　大

阅读中的孩子——他可以从图书馆中借书看,但是在低年级中是分发的。他偶尔才可以表达一个愿望,所以,常怀嫉妒看着自己想看的那本书到了别人的手中。但最终他还是会实现自己的愿望,一整周他都沉浸在读书的柔和感之中,它们像是雪花一样无声下落,在他周围越积越厚。他带着强烈的信赖走进书本。平和的书本越来越吸引着他!它们的内容并不重要。当他在床上编织着自己的故事时,他才去读书。他跟着故事在半隐半现的小路前行。每当读书的时候,他捂起了耳朵。书本在很高的桌子上平放着,一只手压在书页上。他能够在字里行间读出英雄的历险,就如同在飘落的雪花中发觉花纹和信息。他的呼吸紧随着故事的节奏,他比那些长大的人更容易混入到故事的人物当中。他被变化不断的情节与词句吸引着。当他站起身来,被他阅读的

---

① 译者注:希腊传说中的美妙山谷,为田园牧歌的象征之地。

骷髅头有着没法说尽的丰富内涵——深邃的黑眼窝——以及最疯狂的表情——两排裸露笑着的牙齿。

落雪盖得满满当当。

迟到了的孩子——学校的那只钟,看似由于他的责任给弄坏了,时针停滞在了"迟到"一格上。当他小心翼翼、蹑手蹑脚地走过门廊,一些教室门内的声音在喃喃地支持着他。门后的老师和同学们如好友一般,悄寂无声,仿佛在等着他。他无声息地用手拧开把手,阳光照射到他站着的那一小块地方。当他打开门时,一片寂静,老师的嗓音变得甜蜜而温柔,他似乎站在一块圆润的石头面前。教室内的声音并没有被打破,但其中人仿佛如看待一个新来的人那样看着他。他们的目光仿佛是十磅、二十磅那样沉重,他必须背负着走向自己的座位。他似乎穿上了一件隐身衣,像午夜的灵魂那样被大家所忽略了。从到达座位那一刻起,他勤奋地学习直到下课铃声响起。但铃声没有给他带来任何的东西。

偷窃的孩子——他像一个穿梭在黑夜中的恋人那样,伸手往未开启的橱柜的门缝里挤。一旦进入到黑暗当中,他会去寻找糖果、杏仁、葡萄干或者果脯。像一个恋人在亲吻女友之前会拥抱她一样,在用嘴品尝那些甜食之前,他的手会享受拥有的快感,与之幽会。这是多么美好的事情,成堆的小葡萄干,甚至是米饭温顺地进入到他的手中。而不需要勺子的介入,手和这些食物相会是多么富有激情的事情啊!那些草莓酱,就如同一个从父母家中溜出的女孩子,疯狂而甜美地涂抹在了面包上,开心地把自己奉献给他在宽广的天幕之下任意品尝。就连黄油也对闯入她闺阁的不速之客报以好意。他的手,就像是年轻夺情的唐·璜,迅速地扫遍了所有的密室和闺阁,尝遍了层层涌动的甜蜜:食物们贞洁的面貌得以焕然一新。

旋转木马上的孩子——那个装着可骑动物的木板贴着地面转动，保持着一个与飞行梦幻相关的高度。音乐响起，孩子离开他的母亲在上面起伏旋转。起初，他很害怕离开自己的母亲，但不一会儿他发觉自己能勇敢地坚持着。他像一个自己小世界里的统治者。成排的树木和民众排成队列欢迎他。起初，在这东方国度里，他的母亲出现了，接着，是远处冒出尖端的树木，孩子远远望去，好似看到它们有千年之久了。他对坐骑充满好感：就像是阿里翁①骑着他的银鱼②，又像是欧罗巴端坐在化身公牛的宙斯身上。孩子们认识到了万物循环往复，他的生命也随着机器不停地围绕一个中心旋转而变得越来越热烈。当音乐渐渐停止，四周的空间慢慢稳定下来，那些树也渐渐恢复了稳定，旋转木马变成了一个不稳定的陆地。他的母亲出现了，孩子跳到了地上，凝视着缠绕在木桩上的绳索。

不整洁的孩子——他发现的每一块石头，采下的每一朵花和抓到的每一只蝴蝶，都是收藏的开始。在他看来，自己所拥有每一个东西都是独一无二的收藏。他那印第安人式的目光暴露出他热情真实的面容，那种目光，只有在古董商人、学者和藏书家那里持续热情地燃烧着。他已然是一个猎人。在进入这种生活状况之前，就开始追逐着灵魂，在万事万物中嗅到它们的踪迹。他的光阴就这样度过，视野永远不会像常人那样。他的生活就像在梦中，他知道没有任何东西是永远不变的。他什么都碰到了。在他看来，所遇到的皆是命中注定的。他的那些岁月，都化作在梦

---

① 译者注：阿里翁，一个传说中的古希腊诗人和歌手，据说生活于公元前七世纪。有关阿里翁的传说是，阿里翁曾被所乘船上的海盗抢劫，被迫跳海。一只海豚被他的歌声打动，因而把他救上岸。有人说，这只海豚是喜爱阿里翁的音乐之神阿波罗变的。

② 译者注：原文为"银鱼"，系作者记忆有误，应该是海豚。

中森林里无边的游荡。他从那里获取猎物,带回家中,清洗干净,固定好,使得它们不再有魔力。他的抽屉一定成为武器库和动物园,犯罪博物馆和墓穴。"收拾整齐"意味着推倒一座装满了带刺栗子作为兵器的城堡。城堡的锡箔就是银子,木块就是棺材,仙人掌就是图腾树,铜便士就是盾牌。这孩子已经开始帮助他的母亲收拾橱柜,帮助他的父亲打扫书房,而在他自己的领地,他永远是一个不安分的、好斗的访问者。

捉迷藏的孩子——他知道这间居室里所有的藏身之处,他让人们丝毫看不出任何蛛丝马迹地隐匿到房子里去。而现在他心跳剧烈,屏住呼吸,他隐匿于物质世界中。物质世界变得完全清晰,无声息地接近。只有一个被绞死的人才意识到什么是绞索和木头。躲在帘子后面,这个孩子觉得自己像是一个白色的幽灵。蹲在餐桌下面,那餐桌也成了他的神庙,餐桌的雕刻桌腿就是支撑起神庙的四根柱子。躲在一扇门后面,他便把门当做一个沉重的面具。他自己便是一个不凡的巫师,使得所有跨入门槛的人,都对他的行为迷惑不解。他必须努力避免被人所发现。如果他做鬼脸,人们会对他说:只要钟声响,他就不许动。他在藏身的地方明白了其中的奥秘。谁发现他,就能将他当成桌下神庙里的神像,当成帘子里的鬼魂,让他一生都进入到沉重的门里。所以,如果一经寻找他的人发现,他就会大声叫喊,驱走自己的魔影,让它溜走,不让自己被找到——有时候,他会出于自救,抢在被人发现之前大叫一声。那时,整个居室都是他的武器。然而,每年只有一次,在神秘屋子的嘴巴或者眼窝里会藏有礼物。这种迷人的经验成了常识,这个孩子会像工程师一样,掀开父母居室的阴沉沉的面孔,找到那复活节彩蛋。

古　董

奖章——在一切基本有理由被称为美丽的东西上,都存在着一种自相矛盾的现象,它似乎是那样。

转经筒——只有心中活着的形象才会滋养意志。相反,单纯的词语只能点燃它的热情,以使得它不要枯萎。没有精确想象力的治疗,将没有准确的意象表达。而没有神经的支配,想象力更无从谈起。因此现在,呼吸就是最好的调节。有规律地发出声响,就是这样呼吸的最佳准则。故而,通过神圣的音节来进行呼吸的做法,就是冥想瑜伽的最奇妙实践。因此,它无所不能。

古董勺——一个最伟大的史诗诗人的主题只是:能够养活自己笔下的英雄。

旧地图——大多数人在爱情中寻找永恒家园。其他很少的人,寻找永恒的航行。后者属于多愁善感的类型,他们怯于与大地母亲接触。他们靠近那些能够让他们远离大地母亲的人。对这些人,他们保持着忠诚。中世纪的书籍最了解这些人对于远途旅行的渴求。

扇子——以下的现象很多人都能体味:如果一个人陷入爱河,或者强烈地中意另外一个人,那么她几乎在每一本书中都能看到他的样子。他几乎能同时显现在正面角色和反面角色当中。在短篇故事、长篇小说和中篇小说里,不断变换着角色。通过这点,可见想象力那种在微小细节中无处不至的魅力,不断在每一个片段中展现新内容的能力。考察想象力,就像是看一把折叠起来的扇子。只有慢慢打开它,扇子上的画面才慢慢有了呼吸和生命。随着扇子被打开,被爱的人的面容才会展现其中。

浮雕——一个人与他所爱的女人在一起,交谈着。后来,几个星期乃至几个月后,他们相别离,往事重来,那些交谈的画面历历在目。现在,可见那些交谈的内容琐碎、平庸、浮泛并缺乏深度。但男人明白:这些都因为她深深陷入爱中,我们才呵护并享受这样的交谈,恰如思想在雕像的褶皱与缝隙中显现。如果像今天这样两人陷入了孤独,没有了慰藉与遮蔽,我们只能让思想平躺在我们平庸的智慧光照中。

裸体塑像——一个只有把自己的过去看成不断被强制和剥夺过程的人,才能使得它在当下充满了价值。对于一个人来说,把过去当成一个在运输过程中损坏了胳膊的裸体塑像,是最恰当不过的。现在,没有什么比这个塑像更能显示出它未来的价值了。

手表及黄金饰品

任何人,只要他早早醒来,穿好了衣服,在散步时目睹了日出,那么,白天他在周围任何人面前,都有一种无形中被加冕的优越感。日出将他带入了工作,到了中午,仿佛他为自己戴上了冠冕。

书籍的页码对于小说中虚构的人物,就像是生命之钟一样。一秒秒在流失,读者难道不会不时给他们投去惊鸿一瞥?

我梦见我与罗斯(Roethe)——一个刚被聘用的讲师——在亲切地谈话,通过一个空间宽敞的博物馆。他是这儿的头。就在他与旁边房间里的维护雇员谈话之时,我来到一个陈列柜前。在其中,陈列着一个几乎真人大小的半身女人雕像,与柏林博物馆

大多数人在爱情中寻找永恒家园,少数人寻找永恒航行。

的莱昂纳多的芙罗拉①女神像很像。旁边,零散地放置了其他可能更小的物体,金属或搪瓷质地,朦胧地反射着光。那金头颅的嘴张开着,摆放着小装饰物,一部分垂在了嘴外面,很好地伸展着。我不怀疑,这是一个时钟。——(梦的动机:羞愧,早晨口中有黄金,"披头散发,带着昂贵的首饰,像是床头之上的毛茛。"②)

弧光灯

了解一个人的最好办法,莫过于不抱任何希望地去爱他。

阳　台

天竺葵——相爱的两个人,在一切之中最为关注的,就是彼此的名字。

康乃馨——对于一个恋人来说,心爱的人永远是寂寞的。

水仙花——谁要是被爱,性欲的深渊将像家庭那样在他身后闭合。

仙人掌花——真正的爱人觉得,与心爱的人争论是错误的。

勿忘我——回忆总会将心爱的人缩小。

观叶植物——如果在前面出现了一个有碍亲和的事,可以想象一切皆欢洽的晚年景象来应对。

失物招领处

失去的东西——在我们最初的印象中,一个村庄或者一个城市显得那样无与伦比,那样不可复得,是因为在那里,远景与近景

---

① 译者注:古罗马传说中的花神,对应希腊神话传说的克罗里斯。
② 译者注:波德莱尔《恶之花·被杀的女人》诗句。

最严密地融为一体。在这里，习惯尚未发生作用。当我们开始找到进入的路径时，那景象才会忽然消失，就像一栋楼房的正面，在我们走进去时消失那样。由于还没有通过持续习惯的探索行为的考验，那样的景观不是主导。一旦我们已经开始在里面熟悉了这个地方，那最初的景象便永远不能再恢复。

找到的东西——那些远端的蓝色，没有被附近任何的景象融化。而且在你走近之时，也不会消融。在你走近时，它不显得漫长无际，而更为严谨、充满威力，画在了舞台背景的远景中。它使得舞台形象有了一种无与伦比的魅力。

能停不超过三辆车的出租车站台

我在一个站点花了十分钟等一辆公交车。"热闻报……巴黎晚报……自由报。"卖报女用没有任何变化的声调在我身后叫卖着。

"热闻报……巴黎晚报……自由报。"——我看到了一个坚固的三角形牢房，三个墙角看来如此空空荡荡。

在梦中，我看到了"一座声名狼藉的房子"。"一家宠坏了动物的旅馆。所有人几乎只能喝动物喝的水。"在梦中听到这些词语后，我马上惊醒。原来我实在是太疲乏了，以至于和衣倒在一间光线明亮的房子里的床上，一小会儿，只有几秒钟，就跌入了梦乡。

出租屋传来如此哀切的音乐，乃至于人们都不相信演奏者自己愿意听到它。那是为带家具的房间准备的音乐，每到星期天，居住其中的人会在音乐中沉入冥思，就像是一盘被枯萎叶片所装点的熟透的水果。

战争纪念馆

卡尔·克劳斯①——没有什么比行家暗淡,没有什么比他的对手更孤单。没有一个名字,能比人们用高雅的沉默来祭奠更为荣幸。他身穿古代的盔甲,像一尊中国的偶像,冷冷地怒目相对,双手握着出鞘的宝剑,在写着德国语言的坟墓拱顶摇摆着,跳起战争的舞蹈。他,"只是住在这所古老语言大厦里大师们的众多追随者之一",如今成为他们坟墓的看门人。他每一天每一夜地坚守着,没有任何岗位的看守能一直保持这样的忠诚。没有人像他这样,一旦失去,就永远失去。这里站着的,是一个与达那伊德(Danaide)一样从同代人的泪海里饮水,那块丢向他敌人的石头正像是西西弗斯手中滚落的石头一样。有什么能比让他改变自己更令他无奈的呢?有什么比他的人性更加无力的呢?有什么比他与舆论的战斗更加无望的呢?他不知道什么是能够与他真正联合的力量。可是,新一代法师的那些预言比这位萨满巫师的话语更有效吗?至今为止,有谁能够像克劳斯这样在"被丢弃之物"中召唤出无穷的魅力,而之前,有谁又像他那样在诗歌中发觉"精神的渴望"?那幽深的语言从他的唇齿间柔声细诉,可这样的召唤是徒劳的,正如只让人们倾听到灵魂的声音是徒劳的一样。每一种来自深处的声音都很真切,就像是鬼魂的话语那样令我们无以抗拒。那些盲目的语言召唤着他去复仇,那些狭隘的嗜血幽灵,他们的召唤犹如人间王国里的各种煽动。但是,他不会弄错,他们的事业也

---

① 译者注:卡尔·克劳斯(Karl Kraus, 1874—1940),是二十世纪早期最著名的奥地利作家之一,德语文学大师。他是优秀的记者、讽刺作家、诗人、剧作家、格言作家、语言与文化评论家,并且提携了很多青年作家。

不会托付有误。谁，进入了他的怀抱就得遭受审判：敌人的名字，从他嘴里道出，就是一种审判。他一张开嘴，那无色智慧的火焰喷薄而出。而在生命之路上行走的任何人，都不会遇见他。在光荣的古代战场，在巨大、血腥的战场里，他在一所塌废的墓碑前怒吼。他死后的荣光无比辉煌，无比耀眼。

火警报警器

有关阶级斗争的想象，容易把人引入歧途。在阶级斗争中，所涉及的，不是决定谁胜谁负的力的较量，也并非是凭借搏斗较量的结果，去决定胜者好败者坏。这样想意味着，必须要浪漫主义地掩盖事实。因为资产阶级可能会在斗争中胜利，也可能失败，无论如何，她都会因其内部的矛盾注定要走向灭亡，因为在她的发展过程中，这些矛盾是致命的。问题仅仅是她自己灭亡呢，还是通过无产阶级之手。三千年文化发展的持续和终结，将取决于这个问题的答案。历史对这两位糟糕的和没完没了永远扭打着的斗士的真相一无所知，政客们只是从日期上加以计算。如果消灭资产阶级直到那个可以估算得出时辰（通货膨胀和毒气战昭示着这一时刻即将到来）还未完成，那么，一切都完了。要阻止爆炸，就一定要在火苗碰到炸药之前切断导火索。

旅行纪念

阿特拉尼（Atrani）——那冉冉上升的、呈现卷曲的巴洛克式台阶一直通向教堂。教堂的后面是网格状的栏杆。老年妇女们连声祈祷着圣母颂，试着学会进入死亡的一年级班。若要转身，教会可依靠，就像是神自己走近大海一样。每天早晨，基督教的时代从岩石上开始,但在墙壁下面之间的基石总是衰减,夜色总是再次降临在四个古罗马的街区。街道就如空气管道,在集市广场上有一个喷泉。在下午的晚些时候,来自各处的妇女在水井周围忙碌。随后,在孤独的氛围中,古风荡漾。

舰队——巨大的帆船有一种无与伦比的艺术之美。这不仅是因为它们的外形几百年来不变,还因为它们总出现在几百年来不变的景观中:天幕和大海衬托着它们的雄姿。

凡尔赛宫的正面——这座宫殿好像已经被遗忘了,仿佛人们把它矗立在那里只有仅仅两个小时,只是作为国王为儿童院所布置的活动背景。如今,它没有为自己留下丝毫的荣耀。建筑它的那位国王在结束他生命的时候,把这份荣耀都归还给了国王造就的皇家园地。在这样的背景里,皇家只是一个舞台,上面以芭蕾舞方式演出了王权专制的悲剧。然而如今,它只剩下一堵墙,人们在它的阴影中欣赏着勒诺特尔所创造的延伸向远方的蓝天。

海德堡宫殿——它的遗址废墟高耸入云。晴朗的天空之下,当人们的目光从窗户或者城堡边的浮云掠过时,它们显得格外美丽。天际的浮云展示了一种瞬息万变的景象,这一变化,恰恰衬托了那些废墟的永恒存在。

塞维利亚的宫殿——这是一座按照原始幻想建成的王宫,没有任何实用的考虑能够阻止这一幻想。那高高在上的房间只为梦幻和庆典而建,房间里的主题除了舞蹈就是沉寂。因为所有人的活动都被房间里丰繁的嘈杂给吸收了。

马赛天主教堂——在明媚、人迹罕至的广场上,矗立着这座天主教大教堂。虽然它脚下就是拉罗利埃港,背面是无产阶级社区。而此地却空无一人。这座荒凉的建筑，作为货物中转站，隐藏在码头和仓库之间。人们用了四十年的光阴来建造它。然而，1893年，当它全部竣工时，那个时代和地方在这座丰碑式的建筑上，成功地抵制了设计者最初的设想，而用天主教教士的财富把它建设成了一个火车站。而这样的火车站却从来没有真正投入过使用。从这栋建筑物的正面，可以清楚地看到那里面的候车厅。一等到四等车厢的乘客拥挤在其中（在上帝面前他们是平等的），宛如挤在装有他们精神财富的手提箱之间，坐在那里阅读赞美诗，那些诗集按照字母排列顺序而整齐地排版，就像是国际列车时刻表。各种天主教教规就像是铁路交通规则一样挂在各面墙上。而台前那些忏悔室就像是供应长途旅者单独使用的盥洗室。这就是马赛的宗教火车站。驶向永恒之地的卧铺车在弥撒钟点准时出发。

佛莱堡明斯特大教堂——对于那个城市的居民——甚至是每一个经过那个城市的旅行者的记忆而言——对该城市独特的感觉，来自那钟楼上发出的独特的嘈杂声，以及钟声有规律的间隔。

莫斯科圣巴西勒大教堂——拜占庭风格的圣母玛利亚怀抱着一个真人大小的木制婴儿。她在基督面前痛苦的表情永远只是象征性的，而基督的童年也仅仅是一个象征。假如哪一天她能够抱着真正的男孩，没有什么会比那种痛苦更强烈的了。

博斯克里凯斯——意大利五针松树林的高贵之处，就在于其树冠的形成是没有经过编织的。

那不勒斯国家博物馆——上古时期的雕像用微笑向观赏者展示着他们身体存在的意识，好像是一个孩子向我们献上一把刚刚采摘、尚未理好的花朵,而后来的艺术则开始紧绷面部,就像是成年人用割下的草叶编制成花束。

佛罗伦萨的浸礼堂——在装饰精美的大门上有一尊安德烈·皮萨诺①的"斯佩思"雕像。她坐着,无可奈何地举起双臂,伸向一个她永远够不到的果实。尽管如此,她却是有翅膀的。没有什么比这更真实的了。

天空——我梦见自己走出一栋房子,眼中所见的是夜晚的天空。一股旷野的光芒从夜空透出,繁星密布。一幕幕直观的图画原原本本地展现在那里,人们因之勾画成各种图形,一个个星座。一头狮子,一个少女,一个天平还有其他许多的星座,好像是群星俯冲向大地。而月亮并不可见。

眼镜商人

在夏季,胖的人比较明显,而在冬天,消瘦者尤为引人注意。

在春季,保持在明亮的阳光和明媚的天气里,人们关注着嫩叶,在寒冷的雨中,人们看到的则是光秃秃的枝桠。

一场晚宴是如何进行的,迟走的人从桌子上面的盘子和杯子的位置,杯子和盘子的样子一目了然地看出来了。

广告宣传的原则:使得自己比原本重七倍,对女人们看重的东西夸大七倍的必要性。

从眼神中,可以看出一个人的倾向。

玩 具

乐趣拼图——一个连着一个的摊位木屋,犹如左右摇晃的驳

---

① 译者注:安德烈·皮萨诺,意大利文艺复兴早期的雕塑家,善于青铜雕塑。

45

她坐着,无可奈何地举起双臂,伸向一个她永远够不到的果实。尽管如此,她却是有翅膀的。

船一样靠上了石头防波堤。在那里，人群非常拥挤地潜行着。岸边有帆船，船的桅杆高高耸起，桅杆上挂着下垂的三角旗；还有蒸汽轮，上面的烟囱还在冒着烟；还有货船，上面堆满了货物。这些船只中人们只能入住底舱的轮船，那是只允许男人进去的船只，但透过舷窗可以看到里面女人的胳膊、面纱和头上的孔雀羽毛。还有地方，船的甲板上站着一些外乡人，他们似乎想用怪异的音乐赶走众人。但大家只是觉得太奇怪了！你在犹犹豫豫地向上攀登，迈着迟疑的步子，就像走在舷梯上那样摇摆不定，一到上面，马上就一动不动，在等着整艘船离开岸边。后来，那些不动声色、谨慎行动的人又出现了，他们观察着染色酒精在刻度上的升降，以此评估各自婚姻的成败。那位穿黄衣服的男人，开始在刻度底端向穿蓝衣服的女子求爱，等到了刻度顶端，他离开了她。在镜子中，他们看到脚下的大地就像被大水冲走了一般，于是蹒跚地走进晃动、敞开的舷梯上了岸。这一刻，船队的宿营地带来了喧嚣：在船上的女人和女孩们都在自由地装扮自己，凡是能吃的东西都如同在极乐世界一样奢侈地赠予。所有的人们都被海洋隔绝如此，以至于他们感觉到，这里的每一件事物都是第一次也是最后一次遇见。海狮、侏儒和狗就仿佛被带到了船上，甚至铁路也一起被永久性地带了进来，在环形的铁路线上不停地穿越那些隧道。这锚地就这样为时几天地成了南海岛屿的一个部分，那里未开化的当地人带着贪婪和惊奇扑向欧洲人扔在他们脚下的东西。

奇趣靶屋——射击场里所呈现的景象，应该集中起来全面观照。那里，举例来看，在一片冰天雪地景色的映衬下，许多地方可以看到那些被当做靶子的白色烟斗，仿佛聚集在一起窃窃私语；

在其后面,有一条模模糊糊勾勒出的轮廓,藏着两个护林人。正前方像活动布景的是用油画色彩画成的两个塞壬女妖,她们的乳房被画得极具挑逗性;另一边,有着一些大多穿着紧身衣而很少穿裙子的女人。她们的头发里,竖着作为靶子的烟斗。有时候,那些烟斗被画在女人手中的扇子里。远处,在标有"瞄准鸽子射击"字样的背景里,还有晃动的烟斗靶子在慢慢移动;还有一些射击靶屋,展现出的,是一幕戏剧场景,让观众在一旁拿着长枪去操纵表演。如果他能击中靶心,表演就开始了。

有一次,还出现了三十六个这样的戏剧场景,在每个场景上方都写有观众期望能看到的剧名,例如:《狱中的圣女贞德》《好客》《巴黎街头》。另一个靶房上写着《死刑》,紧闭的大门前有一架断头台,一个穿着黑袍子的警察和一个拿着十字架的教士。如果击中目标,大门就会打开,推出一块木板,木板上那个恶棍站在两名刽子手中间。他自动把脖子伸到刀刃下,然后便被削下了脑袋。相同的方式呈现出来的,还有《新婚曲》,靶屋有一幅简陋的室内景象在其中,人们可以看到屋子中间有一位父亲,一只手抱着膝盖上的孩子,另一只空着的手则摇晃着里面躺有另一个孩子的摇篮。在《地狱》的靶屋中——两扇大门打开的时候,一个魔鬼正在折磨一个受苦的灵魂。在他边上,另一个魔鬼正抱着一个教士走向一个沸腾的大锅,所有被打入地狱的人都要进去煮一番;在《监狱》靶屋,有一个监狱看守站在门前。每当靶子被击中,他就去拉铃。铃声一响,门就打开。可以看到里面有两个犯人正在用力推动着一个大轮子;另外还有这样的景象:一位小提琴手和他那会跳舞的熊。如果射中目标,琴弓就会动起来,那只熊便会用它的爪敲一下鼓,并抬起一条腿。由此,人们会联想到那有关勇敢小裁缝的童话,也会想到被一声枪响惊醒的睡美人,想到在枪声中抛出苹果的白雪公主,或者是在枪声中被解救的小红帽。枪声用那富有治疗性的力量,神奇地进入到这些傀儡木偶们当时的生活中。而正是这股力量,使木偶们砍下魔鬼的脑袋,并扮成公主揭露它们;没有铭文的那扇大门同样如此:如果能击中靶心,那大门就洞开,红色的天鹅绒大幕前站着一个似乎在微微鞠躬的黑人。他手上捧着一只金碗,那碗中放着三个水果。当第一个水果打开时,一个小人就跳出鞠躬,到第二个水果中,两个相同的小人转着身子在跳舞(第三个没有打开)。下面,有一个存放其他布景的桌子。其上,是一个小木偶骑士,他身上写着"埋着地雷的道路"。如果有人击中靶心,便会发出一声巨响,紧接着,那位骑手就和他的马一起翻跟头玩,但是——显然的是——他始终端坐在马鞍之上。

立体西洋镜——里加,每天都有由矮木棚子组成的拥挤的街市,沿着杜那河边由又宽又脏的石头垒成的防波堤延伸。防波堤上建有仓库。那些小蒸汽船,带着矮小的高不出城墙的烟囱,停靠在其旁边(那些大的蒸汽船在河的下游停泊)。肮脏的木板在地上铺成了一条路,上面原本油漆的颜色已然褪去,并在昏暗中发亮。在一些角落里,除了装鱼、肉、靴子和衣服的棚屋之外,人们常年会看到用彩色纸鞭子打扮的贫寒阶级出身的女人。这种纸鞭只有在圣诞节时才会出现在西方世界,它们饱受指责却又饱受热爱。只需花几分钱,就可以买到一大把这种惩罚人用的彩色纸鞭。在防波堤尽头,用木栅栏围起来、距水边只有三十码远的地方,有一个堆满红白相间的苹果的市场。那些待售的苹果都用草包着,而那些到家庭主妇篮子里的苹果,被卖掉后就被去掉了草包装。一座深红色尖顶的教堂在其后矗立着,苹果那红润的颜色在十一月份清新空气中夺走了人们的视线——不远处有一些小房子紧靠着防波提,店墙上画着缆绳。那是几家出售船上用具的商店。到处都可以看到有待销售的商品被画在广告牌上或者房子的墙上。街市里有一家商店,比真品还要大的箱子和腰带画在了光秃秃的砖墙上。街角有一座低矮房子,那是一家卖内衣和女帽的商店,门廊中画了许多女人的脸。在黄褐色的衬底上画了不少紧身胸衣。那房子前面的墙角处放着一盏路灯,玻璃灯罩上画着相同的画面,并被灯光照得透亮。那整个外观看起来,如同人们想象中的妓院门面一样。在同样离港口不远的另一所房子里,灰色的外墙上用黑灰色画着糖口袋和煤,刻意显示出一种立体的效果来。另一家的鞋店,所画的鞋子就像是雨点那样直落而下。店面上有关五金器具的描画更惟妙惟肖,一块木板上画着锤子、齿轮、钳子以及最微小的螺丝,好像是从以前儿童图画书中描摹下来的一般。整个街市到处呈现着这样的图画,像是被珍存依旧的旧照。然而,在这些房屋之间,高耸着可怖的如同军事堡垒似的建筑物,它使所有人重新想起沙皇时代的所有恐怖。

非卖品——一年一度的集市展放在里加举行。展览是在一个长长的,均匀分成两半的帐篷里举行,走上几个台阶就可以到它跟前。一张桌子便是展会的招牌,上面放置着一动也不动的木偶。人们从右边开口处进入帐篷,出口则在左边。帐篷里灯火辉煌,两张桌子长长摆开,延伸到帐篷的深处。两张桌子的内侧靠在一起,所以只剩下一个很狭窄的空间可以来回走动。这两张桌子都很矮,盖着玻璃盖子。桌上站立着一溜小木偶(每个平均二十至二十五厘米高)。木偶底部被遮蔽着,那里是一些钟表装置,驱使着木偶动来动去。人们还可以听出这些装置发出的嘀答声。桌子的四周搭起一长条踏板，以供孩子爬上去，墙上还挂着哈哈镜。——在入口处，人们首先看到王公贵族打扮的人，每一个人都摆出某个特异的姿势：这一位伸出左臂或者右臂，做出很自然的邀请动作，另一位则在转动眼睛，射出清澈的目光；还有一些则一边神采奕奕地转动眼睛，一边摇摆他们的手臂。

弗朗兹·约瑟夫皇帝，庇护九世高坐在王座上，两名红衣主教站在他们两侧。还有意大利的爱林娜王后，苏丹女王，骑在马背上的威廉一世，一个小小的拿破仑三世，还有一个更小是维克多·伊曼纽尔——他是王储，都站立在那儿。紧接其后的，是那些《圣经》中人物的小雕像，最后是耶稣受难图。希律王利用头部各种各样的动作发出屠杀婴儿的命令。他点头做出指示，拼命张大嘴，伸出手臂，然后迅速落下。在他的前面，站着两个刽子手：一个手握一把剑来回逡巡，他的手臂下是一个被斩掉头颅的小男孩；另一个则持剑做冲刺动作，除了眼睛在骨碌碌转动之外，身体其他部位一动也不动。也有两位母亲模样的人在那里，其中一位像发疯了似的，不停地晃动着脑袋；另一个人则慢慢地举起手臂，乞求不止。——还有基督被钉上十字架的场景。十字架平放在地上。刽子手们将钉子钉了进去。基督点着头。——基督被钉在了那个十字架上，一位士兵在用浸了醋的海绵，慢慢擦拭他的身体。颤动不止的双手，伸出去马上又缩了回去。此时，救世主稍微扬起了下巴。在基督的身后，有一位天使，正向十字架俯着身，手里拿着一个接血的圣杯。他把圣杯向前伸，然后慢慢取回，好似已经接到圣血一般。——另有一张桌面上，展示出一幅别样的风俗画：高康大在大吃美味的面包。他坐在一盘面包前，双手不停歇,轮番往嘴里塞着面包。他双手各拿一把叉子,每把叉子上又都叉着一只面包。——有一位阿尔卑斯山区的少女正在纺线。——两只猴子在拉着小提琴。——一个魔术师面前放置着两个大桶,右边那个打开时从中露出一位女士的上半身。当她又沉入到桶中之时,左边的桶子又打开了:一位男子的上半身冒了出来。右边的桶再次打开时,出现的是一个长着一对羊角的公羊头颅,而脸颊则是那个女人的脸。左边的桶又一次打开的时候,出现了一只猴子,那个男子不见了。随后,一切又从头开始循环往复——还有一位魔术师:身前搁着一张桌子,他的双手各倒置一只酒杯。他轮番举起酒杯。酒杯下面就一时出现一片面包或一只苹果,一时又是一朵花或一只骰子。——还有一口魔法的井:一位农家男孩站立在井沿边摇晃着脑袋,一个女孩在提水,宛如玻璃状的巨大水柱不停地从井口喷出。——还有一对迷人的恋人:一片金色的灌木和火焰向两边分开,从中显出两个玩偶,它们分别将自己的脸转向对方,然后又转开。它们带着诧异的惶恐眼神看着对方,好像有些不知所措。——每只木偶的面前都贴着一张纸质的标签。上面的文字说明,整个构想来自1862年。

分科诊所

在咖啡厅的大理石桌子上,笔者写出了脑子里种种的想法。如同医生利用这段时间进行观察,那是他用以检查病人的透镜。然后,他抓住他的餐具逐渐打量这些物品:钢笔,铅笔和哨子。病人的数量不断增加,好似一个露天剧场里不断到来的观众。他小心翼翼地倒满了咖啡,又小心翼翼地喝掉了它。他同样小心地把他的想法放置于氯仿之下,他开始思考这件事与其本身已经没有关系,缪斯是什么,就像被施以麻醉的病人梦想着与正在进行的外科手术毫无关系一样。在轮廓线柔和的笔迹中被剪断,如医生把外来词语当做银肋骨安插进去,置换掉内部的口音如燃烧般增长的词语。最后,用完美的标点,缝合整个精细的一切。他用现金一并酬谢了那位服务员,他的向导。

供出租用的墙面

如今抱怨批评衰弱的人都很愚笨,因为属于批评的时代早已过去。批评起码要对事物保持恰当的距离,它拥有特定的可以令人尊敬的一点就是,在那里人们还能采用特定的立场去看待问题。如今,物质对社会的侵扰让人感到太无所不至了。"没有偏见的"、"自由的"眼光已成为没人再信的谎言。或许,整个一厢情愿的表达方式已成为一种纯粹的屠弱。今天,对物质最真实,最切中其本质的观照就是商业广告。它拆除了批评观察得以自由确立的领域。物质可怕地向我们逼近,直冲而来,就像电影屏幕上一辆巨大的汽车向我们冲来一样。正如电影中,家具和建筑物的正面从不完整展现出来,以便人们能用批评的眼光去打量。有类于大量近景使用获得炫目感一般,真正的广告也以一部优秀影片那样将事物投射给我们。由此"事物本原"也随之终结,而面对画在房子外墙的巨幅广告画,如巨人所用的牙膏和化妆品——已经康复的感伤便以美国方式释放了出来,正像不以事物悲喜的人在电影院里重新又学会了哭泣一样。但是,对于街行的路人来说,正是金钱将事物以这种方式推到他跟前,使他与物有了真正的接触。被钱所雇用的评论在画商的艺术屋内考察作品,与在展览橱窗里观看这些作品的艺术爱好者相比,并不能获得更多更好的东西。研究对象的暖流传达给了他，激起了他感觉的源泉。究竟是什么东西使广告如此凌驾于批评之上？并不是闪烁的霓虹灯广告牌上面写着的什么，而是沥青路面上反射出的那抹火光。

办公用品

老板的办公室里其实摆满了武器。那有一个舒适的氛围，却使得来访者解除戒备，其实是一个隐蔽的军火库。办公桌上的电话可以在任何的时刻响起来。它会在最关键时刻打断你们的谈话，使你的对手有时间想出巧妙的对策。在这里，断断续续的谈话表明，电话里处理的许多事情，比现在正在谈论的要重要得多。随着谈话如此这般的延续，你会慢慢脱离自己原有的立场。你因此对自己充满疑问，整个交谈涉及谁。于是，你便会惊奇地发现，和你谈话的人明天要动身去巴西。并且立刻，你表示与公司的意见完全一致，好似你的偏头痛般所有的抱怨都因为电话到来而消失（却并非是作为机会）。有意或者无意间，在老板召唤下，秘书进来了。她很貌美，但她的雇佣者对她的美貌淡然视之，也许他早就表达了对她美貌的赞叹。而这样，却使得初次见她的人，会一次又一次地打量她。她深知如何利用这点为老板效力。他的员工们开始忙碌起来，拿出卡片索引放在桌上进行整理。这时，访问者就只能得知自己被登记在格式卡片目录下的哪一栏。他感到累了。另一方面，灯光照耀着他，那其他人正从他被灯光照耀发亮却疲倦不堪的表情打量出了喜感。这时候，那扶手椅也发挥了它的作用，你坐在上面身子向后倾斜的幅度同坐在牙医诊所椅子上一样，最终，你被迫接受这种窘迫的状况，当作办一件事的全部合理程序。这种处事方式，也迟早会导致企业倒闭。

单件托运物：运输与包装

清晨，我穿越整个马赛市到达火车站。沿途经过那些熟悉的、陌生的，或者甚至只是依稀有点印象的地方时，这座城成为我手中的一本书。在它从我眼前消失之前，我匆忙地浏览了它，谁能知道这部书投入到储物箱之后何日才能拿出来重读呢。

内部装潢，暂时停业！

在梦里，我用枪结束了自己的生命。一声枪响，我没有立刻被惊醒，而是从容地看着自己的尸体躺在那里好一会儿，然后，我才醒来过来。

"奥吉雅斯"自助餐馆

这是对坚定独身生活方式的最有力的消解：他独自一人进餐。独自进食很容易使一个人变得坚硬和粗俗。习惯这种生活的人，为使自己不显得一片狼藉，必须严格过上自律的生活。单身独处的人之所以在饮食方面相当简朴，或许正因为这样的原因。只有大家一起进餐的时候，饮食才会显得分配合理，食物要对进食者真正有益，就必须要不同的人去分享干净。谁都可以这样去做：从前吃饭时旁边有一个乞丐，会令餐桌精彩纷呈。最为重要的就是与人分享，而不是社交谈话。另外一方面，若无食物，那么社交沟通就难以为继。宴请可以消除差异，可以将人们联系在一起。圣－日尔曼公爵在放满食物的餐桌前，并没有大口进食，仅此他就受到了所有人的尊重。可是，若大家都很节制的话，对抗和冲突就会随之产生。

邮品店

  对于阅读一堆旧信件的人来说，破旧信封上早已不流通的邮票不经意间透露出很多东西，通常比所阅读的几十页信所得到的还要多。有时候，人们会在明信片上看到这样的邮票，以致不敢确定：是应该将它们揭下来，还是保持明信片的原貌。那些明信片，就像既往的大师们在纸上所画出的艺术作品，在正面和背面画有两幅不同但同样珍贵的画作。有的时候，我们在咖啡馆的玻璃柜里，也能看到盖着邮资不足的邮戳的信件。那是放在那里示众的。或许，人们将它们放在这个玻璃柜罩上，以使它们在这个宛如萨拉斯·依·戈麦兹①样式的玻璃岛内经受多年等待的折磨。长期没有被开启的信件变得十分冷漠。收信人就这样，被悄悄剥夺了收信权。它们耿耿于怀，默默策划着为长期蒙受的痛苦作出报复。它们当中后来有许多出现在邮票商的橱窗时，已被盖满了的火漆邮戳搞得面目全非了。

  众所周知，有些收藏家注意那些盖了邮戳的邮票。而且，这样的人还不少。因此，人们会相信，只有他们才洞察这个中奥秘。他们专注于邮票的神秘部分——邮戳，因为邮戳是邮票的黑暗面。有将光环置于维多利亚女王头部的纪念性邮票，也有给翁贝托戴上一个荣誉殉难桂冠的预言性邮票。但是，没有一种虐待的想法，比得上将票面拉上满是条状印痕，或者像地震那样劈开整块画面的邪恶做法。如此被施以暴行的邮票身体，与其呈网眼纱衣状的白花边饰形成了鲜明的对比，由此对比得到的变态快感

----

① 译者注：萨拉斯·依·戈麦兹系太平洋上一个无人居住的小岛，由西班牙人萨拉斯·依·戈麦兹最初发现了该岛。

是:对锯齿状的偏爱。谁想去深入钻研这些邮戳,就必须像一位侦探那样,去掌握有关声名狼藉的邮局的信息,就必须像一位考古学家那样掌握面对最陌生的地名去重新建构其轮廓的艺术,就必须像犹太教徒那样掌握整个世纪的数据清单。邮票上面充满了细小的数字、极小的字母、小树叶和小眼睛。它们是图绘的网状组织。所有这一切都密密麻麻地挤在一起,像低等动物那样即使被肢解也能活下去。因此,人们将破碎的邮票粘贴在一起就能够拼成美妙的图画。不过,在这些图画上的生命,总是带有一丝腐败印迹,因为它们是由坏死的东西粘贴成的。它们的脸上和肮脏的群体里到处是遗骨,并生满了蛆虫。

一套长长邮票中的排列色不正是一个奇异太阳的光芒吗?梵蒂冈或者厄瓜多尔的邮政部发出的光线不为我们所知吗?为何不向我们展示奇特星球上的邮票呢?为何不展示金星上数千种样式的火红,或者火星上的巨大阴影以及没有数字标注的土星邮票呢?

邮票上面标出的国家和海洋不过是一些很小的省区,上面的国王们只不过是数字雇用和指使的人。那些数字如愿地将颜色加诸他们身上。集邮册是具有魔力的参考书,里面记录了有关王室和宫廷,以及有关动物、寓言和国家的许多数字。邮政的交通,正是建立在这些数据的吻合对应之上,正如行星的运行建立在天文数字的对应上一样。

老式的小于一马克的邮票上仅标明一个或两个大大的数字,在一个椭圆形的环中。看起来,就像是些最早出现的照片,在漆黑的镜框里,那些素不相识的亲戚在朝着我看:纯粹符号化了的姑奶奶或祖爷爷。甚至图恩与塔克西斯的邮戳,也是用滚筒印章在邮票的整个票面上拉上波浪形的均匀条纹。也有大面值的邮票，上面的大数字，就像出租车上着了魔的计算器数字一样。假如某日晚上烛光从它后面穿透过来，人们也不会感到太吃惊。但是也有小邮票是不带齿纹、不注明货币种类和国家的。其表面紧密关联的网状图案里，只有一个数字可见。或许，这样可怜的小东西是真正不由主宰的。

土耳其的皮阿斯特尔（Piaster）邮票上的字体，就像是一枚时髦别针，斜插在精明的、半欧洲化的君士坦丁堡商人的领带上。它们奢华而刺眼。完全是邮票界暴发户的派头，是尼加拉瓜或哥伦比亚邮票齿孔没有打好，而歪七竖八地呈现出的样子。它们把自己打扮得像银行支票一样。

补付邮资邮票是邮票中的鬼魂。它们从不改变。王朝和政府的变更从它们身上就像从幽灵身上经过一样，未留下一丝痕迹。

有位孩子倒拿着望远镜看向遥远的利比里亚：恰如邮票所示的，那一条细长的海洋后面，长着棕榈树之地，正是利比里亚。他和瓦斯科·达·伽马[①]一起绕着一个等腰三角形的区域航行。那里，希望以及愿望的色彩，随着天气的变化而变化。那是好望角的旅游广告。当他在澳大利亚邮票上看到天鹅时，不管邮票本身的颜色是蓝、绿还是棕色，他所看到的，总是澳大利亚才有的黑天鹅。那些黑天鹅在邮票上轻轻游过池塘水面就像游过太平洋一样。

[①] 译者注：瓦斯科·达·伽马(1460—1524)，开辟西欧直达印度海路的葡萄牙航海家，早期殖民主义者。1497年率领舰队从里斯本出发，绕过好望角，第二年到达莫桑比克。1502年、1524年又两次远航印度。他所开辟的航路，促进了欧、亚商业关系的发展。

邮票就是伟大国度在孩子的房间内所分发的名片。

同格列佛一样,孩子在邮票上所呈现的陆地和民族中旅行。那小人国的地理和历史,有关这个国家全部科学的相应数字和名字,时不时出现在他的睡梦中。他参与他们的事务,出席他们的国民大会,观看他们所建造的小轮船首次下水,与他们的国王加冕而狂欢,一起坐在矮树后。

众所周知,邮票语言与花朵语言之间的关系,就像是摩尔斯电码与书面语言之间的关系。但是,花朵像在电报发射器之间回荡一般联系着整个房间能有多久?一战后所发行的色彩斑斓的伟大艺术邮票,不已经成为这片花圃中秋天的女贞花和大丽菊了吗?有个叫做斯蒂芬的德国人,他是让-保罗同时代的人并非偶然。他在十九世纪中叶的一个夏季播下了这个种子。它们不会活过二十世纪。

有人说意大利语

深夜,我带着深深的痛楚心境坐在一张长椅上,两个女孩在我对面的另一个长椅上也坐了下来。她们似乎想窃窃私语,亲密地小声交流。而周围除了我并没有其他人,不管她们声音有多大,我都假装无法听到她们所说的意大利语。但是,面对她们忽略我用无拘无束的语言畅快交流的情景,我有一种无法抗拒的感觉,如同是一服清凉的药膏敷在了我的创痛之处。

紧急技术援助

没什么比想到就说这种真实状况更为贫乏的了。在这样的情况下,那些写下的文字甚至连一幅差劲的照片都不如。当我

邮票就是伟大国度在孩子的房间内所分发的名片。

们准备钻到相机后记录真实时,真实情况(像一个孩子或不爱我们的女人一样),面对这样的镜头,不会站着不动,也不会呈现平和的面容。真实想要的,是有东西通过有力的一击,将它从自我沉睡中激发出来,无论是通过喧嚣、音乐,还是通过大声呼喊来实现。有谁想过要去数一数真正作家内心世界所准备的警报信号?去"写作",就是使这些警报信号拉响,而不是别的。那甜美的宫女会猛然站起身来,从她的内室即我们混乱的头脑中,顺手抓起最初落入她手中的那段最佳绸缎披在身上,几乎不知不觉地从我们面前跑向人群。她是多么的曼妙,多么的健康,虽然凌乱与匆忙,但她总是胜利且快意地来到了人群当中,激发无限遐思。

缝纫小用品

我著作中的引文就像是从路边杀出的强盗一样,手持利器,夺走了闲逛者的意念。

杀死一个罪犯符合道德标准,但绝不正当。

上帝供养着全人类,但国家却令他们营养不良。

在画廊里走动的人们脸上有一种掩盖不住的失望表情:那里只挂着画。

税务咨询

毫无疑问,衡量商品和衡量生命的标准之间,也就是说金钱与时间之间,存在着一种隐秘的关联。生命的光阴中,越是充满那些微不足道的小事,组成它的各个片段也就越破碎、越多变不定和矛盾重重。而伟人的某个时候,总是展示出生命中相应的某个宏伟阶段。利希登堡说得非常对:不能说时间被缩短了,而应该说时间被缩小了。他就解释说:"几百万分钟是四十五年,但它们却构成了比四十五年还要丰富的生命。"在一些地方,人们所使用的货币单位很小以至几百万加在一起显示出的数字都算不上大。故而,要使数目显得可观,生命就得用秒而非用年来计算,并且它要像一捆钞票那样被使用掉,正如奥地利至今改变不了以克朗来计算的习惯。

钱与雨密切相关。天气显示着这个世界的状态如何。极乐世界是万里无云的,从不知天气为何物。一个万里无云的完美国度同样如此,金钱不会降落在这个国度。

或许,应该提供一份有关钞票的描述性分析,应该只是一本只有凭借其客观性才会具有巨大讽刺力量的书籍。因为只在这样的文本中,资本主义才会严肃而认真地将自己展示出来。那是一个自发的世界,那里天真无邪的孩子们以写作赌注,供奉着律法女神,而威猛的英雄在货币面前也收剑入鞘:那里是地狱的入口——如果利希登堡看到纸币的流行的话,他肯定会将这部书写完。

给没有资金者的法律保护

出版商:我的希望落空了,惨烈,悲痛。您的作品在读者那里没有产生任何反应,对他们毫无吸引力。在装帧方面,我从未考虑省钱,而且我还不惜血本地做了大量广告。——可正如您所知的,即便如此,我还是一如既往信任您。但是,您不能怪我,我的商业良知现在出来发言了。不论是哪位作家,我都乐意尽我所能地为他服务。可是,毕竟我也要养活老婆和孩子。当然了,我并非说要把我最近几年的损失记在您的账上。但是,由您带来的失望、悲苦是赶不走的。很遗憾,现在,我绝不能再支持您了。

作家:我的先生啊,您是为什么去做一名出版商了呢?这一点,我们会马上在通信中弄清楚。但是,首先让我说一件事:我在您的工作日志上,是作为27号登记入册的。您已经出版了我的五本书,换句话说,您已经有五次把钱押在了27号上。很遗憾,27号,并没有胜出。还有,您只是将我作为跑马场上的一匹马来下注的,您将注下在我身上只是因为我的编号紧紧靠着您的幸运数28而已。现在,您知道您为什么成了一名出版商了。您本来可以像您父亲那样很好地抓住一个可以终生从事的体面职业。而您却从来不放长眼光——年轻人么,就是这样。继续放任您的习惯吧,但是,不要将自己装扮成一名诚实可靠的商人。当您赌输了一切的时候,就不要再作出无辜的样子,也不要再去谈论您每天八小时的工作和您那难以安眠的夜晚。"诚实高于一切,这一点千万不要忘记,我的孩子。"不要去玩您的数字游戏了!否则人家会把您扔出去。

医生家夜间急诊门铃

性的满足,将男人们从自己的秘密中解脱了出来。这一秘密并不在性欲,而在性欲的满足。也许恰恰由于此,这个秘密只是被捅开了,但并没有消解掉。这个秘密就像是拴住男人生命的绳索。女人割断了它,男人便会准备慷慨赴死,因为,他的生命已经完全没有了秘密。他因此却获得了新生,而且就像他所爱的女人将他从母亲的魔力里解脱了出来一样。助产婆所切断的,是由自然秘密构成的脐带,女人则比助产婆更彻底,她们彻底断开了男人与大地母亲的联系。

阿丽亚娜夫人
——在左边的第二个院子

他要是向占卜师询问未来,就不知不觉地泄露出未来事物的内部信息。而这样的信息,比在女占卜师那里听来的要准确千万倍。他这样做更多的是受到惰性而非好奇心的驱使,所以,在听到自己的命运脚步时,大多是听之任之默然处之,而不是像个勇士那样寻找一个冒险而灵巧的举措去调整未来。因此,说明现在是占卜者的精髓,精确地洞察目前的每个瞬间,比预知遥远的事情更为关键。预兆、预感和各种相同的信号,日日夜夜像冲击波一样穿过我们的机体。去解释它们,还是使用它们,这的确是个问题。二者是不可调和的,怯懦和听任惰性摆布的人倾向于前者,而理性的和自由的人则倾向于后者。因为这类预示或提醒,变成词语或形象符号到达之前,其最佳时机可能已经渐渐过去。就是说,我们已经失去了那种直入神经中枢,使我们几乎不知不觉地按其指令行事的效力。只有在我们没有把握住这一时效之时,并且唯有在此时,它们才会被破译出来。于是,我们读到了它们,但为时已晚。因此,当你无意中看到那大火或者听到了一则死讯时,在最初无言的震惊中会有一种罪恶感产生,一种说不清的责备:你对之真的毫无意识吗?在你最后一次提到死者时他的名字在你嘴里,听起来难道不已经有所异样吗?到处蔓延的火,难道不就在述说着你现在才明白的昨晚的情形吗?如果你喜欢的一件东西丢失了,过后你不是也觉得几个小时或几天之前,已经出现了指向这个丢失的物品的各种情形、责难或哀叹吗?记忆就像紫外线一样,在隐蔽的生命之书中,向人们展示那并不易见的命运文本。那是给全部生命之书提供注脚的预言。但是,如果掩盖意念,那也不是不会受到惩罚的,比如将没有经历过的生活出售给纸牌、神灵和星象,而它们很快又把生活显现并加以利用,势必会使它遭受玷污后又回到我们身边;如果身体及其力量被滥用而据此去掂量和战胜命运,同样也会受到惩罚。这些情形出现的时候,就是让命运和身体受辱的时刻。将要到来的威胁就变成了此刻完成的现在。这个唯一值得追求的心灵感应的奇迹,是带上身体展示精神的力量。在古代,这样的做法是人们日常生活的一部分,那时,人裸露身体就成了感知未来最可靠的器具。古人造就了解生命实践的真谛,当西庇阿①摇摇晃晃地踏上迦太基的土地时,倒在地上,伸开双臂高呼胜利:"拥抱你,非洲的亵土!"他用整个身体去贴近命运中的凶兆所展露出的令人畏惧的面容,于是他成为了自己身体的主宰。古代,诸如节食、禁欲和守夜等苦行,从来就是在这一点上达到其最高境界。每天早晨,白天就像放在我们床头的一件干净的衬衣那样。这件衬衣无比纤细,致密,纯粹用预言编织而成,仿佛就是我们量身定做的,接下来二十四小时的幸福,取决于我们是否能在清醒状态中抓住它。

供人脱下面具的更衣室

报死讯的人觉得自己非常重要。这个情绪有别于一切的理性感觉。他成为地狱的使者,因为死者的人数如此众多,以至于像他这样只是报死讯的人都能感到这一点。在拉丁语之中,"死亡"是"到众人中去"的意思。

---

① 译者注:这里指老西庇阿,古罗马共和国时代执政官,在第二次迦太基战争中阵亡。

在贝林佐纳(Bellinzona)火车站的候车室里，有三位神职人员引起了我的注意。他们坐在我斜对面的那张长椅上。我仔细观察了中间的那位。与其他两位不同的是，他戴着一顶红色无檐便帽。同其他两人谈话的时候，他将两只手合拢起来放在膝上，偶尔会稍微抬一下左手或右手，做一些动作。我心里想：他的右手肯定每次都知道左手在干什么。

从地下铁里走到空旷的地面上，谁都会有过被灿烂的太阳照得大吃一惊的经历。而就在人们几分钟之前走下地铁的时候，太阳和现在是一样明亮。人们如此快地忘记了地面上的天气。同样，地面上的天气也如此之快地忘记了他们。因此，一个人的生命中，非常紧密地存在着两三种样态的天气。有什么会比这一点更能说清人在此时的状态呢？

一遍又一遍地，莎士比亚、卡尔德隆的戏剧的最后一幕里，总是充满着打斗。那些国王、王子、年轻的贵族骑士及其随从们，总是"逃跑似的退出去"。在观众能看清楚他们的一瞬间，他们的动作也就完成了。戏剧人物如此退场，是受到了舞台的限制。他们进入到看不清而真正令人思考的区域，是为了歇歇气，呼吸一口新鲜空气。因此，舞台现象中的"逃遁性"登场有着深刻的含义。我们在阅读这种戏剧程式时，会带有对特定舞台部位、光线和脚灯灯光的期待。在这样的阅读里，或许也隐藏着我们对生命中那些秘而不显的事物的逃离。

竞赛办公室

资产阶级生活是以保护私人活动为重的。一种行为，越显得重要，越有成果，它也就越能免去检查。政治倾向，财产，宗教——所有这一切都想隐藏起来。家庭则像是一座腐朽阴森的建筑，在所有的壁橱和墙角中，到处隐藏着最肮脏可耻的本能。通常，市民社会将人的性爱生活完全视为个人隐私，所以，恋爱变成一种两人之间无声的、悄悄沟通的事。所以，这样完全私人化的求爱，摆脱了所有义务的束缚，它是"暧昧关系"的真正意义所在。相反，无产阶级和封建时代求爱方式的共同之处在于：男人在求爱中首先要战胜的对象，与其说是女人，毋宁说是随之而来的竞争者。这意味着对女人的尊重胜过让她们享有自己的"自由"，意味着按她们的意愿行事，而不去问她们是否同意。在封建的和无产阶级生活方式中，性爱的中心移到了公共领域。所以，在这个和那个场合，与一个女人待在一起，可能会比与她睡觉显示更多的意义。因此，婚姻的价值，并不在于夫妻两人的"和谐结合"：像这样，作为双方争斗的产物，婚姻的精神暴力就像孩子一样出现。

站着喝酒的啤酒馆

船员们很少离船上岸；在海上工作可算是一种假日，尤其是与港口里经常日夜不停歇的装卸工作相比。当一帮人得到允许可以离岸几小时休息时，往往天色已黑。运气好的话，在去酒馆的路上，可以看到大教堂那阴森森的黑影。啤酒馆是解开每个市镇之谜的钥匙：去打听哪里有足够好的德国啤酒喝，以便了解那里的风土人情。在德国船员酒吧，就可以得到这座市镇夜生活的全部信息：找到从酒馆到妓院的路，还有到其他酒吧，毫不费力。这些地方的名字会在船员们吃饭时，不停地被提起。因为离开一个港口之后，下一个港口的酒馆、舞厅、漂亮女人和特色菜肴的绰号,便会一个一个地像信号三角旗那样升起来。但是,没人知道这次有谁能离船上岸。正是出于这个原因,一听说轮船到来并靠岸停泊,商贩们就带着纪念品上船:项链、明信片、油画、刀子,还有大理石小雕像,应有尽有。那些市镇的景象并不是被参观到,而是被买到了。而船员们的箱子里,有来自香港的皮带,巴勒莫的全景画,还有什切青港的波兰女郎的照片。他们真正的归属,全在于此。

　　船员们对雾蒙蒙的远方一无所知,在小市民的心中,那是异国他乡。每经过一座城市,首先要做完船上的活,然后才能去考虑德国啤酒、英国剃须皂和荷兰烟草。他们非常熟知国际性工业的行业标准,因此不会受小把戏和新鲜东西的欺骗。他们已经太熟悉类似的东西,因此,只有最精密的细微差别才引起他们的关注。他们能出色地就鱼的不同烹饪方式,远胜于根据建筑风格或自然景观的差异,来区分各个国家。他们对细节有如此精密的驾驭能力,以致在海上航行时,能与相对而过的船只挨得很近地驶过(并注意鸣笛向本公司船只致敬),而对如此这般的紧凑航道,一般人会不得不改道而行。他们生活在大海上,有如生活在一个城市里,那里法国马赛卡尼艾尔大街的一个港口酒吧,紧邻着对面德国汉堡的妓院,不远处还有巴塞罗那加泰罗尼亚广场上的那不勒斯宫。不过,对于船长这样的高级船员,家乡一直装在心中。对于普通船员和锅炉工而言——那些在船身下劳动,维护船员运行的人,那个劳碌的地方并非是他们家乡,只是一个船坞之地。听听他们的诉说,就会知道旅行中充满了太多的虚伪。

禁止乞讨!

　　所有宗教都非常尊敬乞丐。因为他表明,在像施舍这样的一件既普通而又平凡,神圣又有益生命的事情中,精神与信仰,坚定性与原则性非常可悲地失去了效用。

南方有人对乞丐发出种种抱怨,他们却忘记了,乞丐们坚持站在我们面前,与学者在一个艰深文本面前还坚持不懈地钻研一样,十分合理。我们脸上闪现的每一个犹豫,最细微的意向或者迟疑,都逃不过他们的感觉。马车夫用吆喝声向我们表明,我们应该搭上他的马车走上一程。而小店员,则从他的货物中向我们展示出可能会使我们颇感兴趣的那一根项链或者浮雕石。这两种现象都是一回事。

到天文馆去

假如人们像古犹太学者希勒尔①那样,因为单腿站立而不得不尽可能地简洁发言,用一言概括古典精髓,那么,这一句话必定是:"这个地球上借助宇宙之力生活的人最为有力。"古人与现代人最明显的区别在于:前者完全投入到了一种宇宙性体验中,这种投入是现代人几乎完全陌生的。早在现代肇始之初,天文学的繁荣和发展就使这种投入开始消失。开普勒、哥白尼和第谷·布拉赫,肯定都不只是受科学的冲动所驱使。可是,天文学迅速发展导致的结果是:无一例外地一味摧毁人同宇宙之间的相互关系,这就预示了以后不可避免地会发生的事。古人对宇宙的态度则不同:那是一种狂信。正是在这种体验中,我们才既在所有离我们最近,也在所有离我们最远的事物中,而不是只在另外一个在其之外的事物中感受了自身。其意思是,人只有在这样的共通

---

① 译者注:希勒尔,古犹太一世纪左右的大学者,曾领导过犹太人反抗罗马人统治的起义。因此,他的思想对犹太民族产生过深远影响。

感中才会生发出对宇宙的狂信。现代人所犯的一个可怕的错误是：将这种体验视为无足轻重、可以抛弃的东西，并且将它当做是夜空对人们引发的一点点幻想而已。不是这样的，这种体验实际上一次又一次地不断出现，因此，无论哪一个民族还是哪一个人都无法完全摆脱它。上一次世界大战，已经有非常可怕的方式表现出来了。

人们企图与宇宙的力量进行史无前例的新融合。民众、毒气、电力被放入到旷野之中，高压电流横穿大地，新的天体在空中开裂，空中与深海传输着各种螺旋推进器巨大的声音。而在大地之母的身上，到处开挖了宛如献祭般的竖井。这种对宇宙的开发，第一次以全行星规模展开，也就是说，在科技精神之中的全球开展。但是，由于统治阶级对利益的贪婪追逐，总是用技术惩罚着技术意志，于是，技术违背了人性，新婚的婚床变成了血池。做自然的主人，按照帝国主义者的说法，那是全部技术的目的所在。但是，对于一个信奉棍棒下出人才的人，他仅仅将大人驯服小孩般的行为看成是教育目的的，那有谁会相信他能把人和自然的亲和当做教育的最终目标呢？教育难道不是培养几代人之间亲和的关系吗？如果要说驯服的话，那么，要驯服的首先并不是小孩，而应该是几代人之间的关系。同样，技术也并不是对自然的驯服，而是对自然与人之间关系的驯服。人作为物种虽然在几万年前已完成了自身的发展。但是，人性作为一件现代事物，却刚刚开始自身的发展。技术为人性的发展造就了一个崭新的物理空间。在这样的空间里，人性与宇宙的交互，呈现出一种有别于其在民族和家庭中所具有的全新的情形。因此，只要回顾一下人们对速率的经验，如今，人性借此开始向时间内部进行不可预测的旅行，

这个地球上借助宇宙之力生活的人最为有力！

为了在那遭遇那股能使得病人像从前在高山之巅或南海那样强壮起来的气流。"月神公园"是疗养院的最初形式。那宇宙体验的片段,并不与我们通常称为对"自然"的感觉联系在一起。在上次战争中,那些毁灭之夜里,好似癫痫病人发了狂的那种感觉,冲击着我们人性机体的每个部位。随之而来的反冲击就是,人性第一次试图给身体带来全新的控制。无产阶级的力量状况,是判断它康复程度的标准。假如这个阶级力量不发展壮大,任何和平主义的说教都无法拯救它。它只能活在迷幻增殖、疯狂生产的实质性控制之下。

机械复制时代的艺术作品

在一个与现在完全不同的时代里,那些对物和环境投入的影响比我们现在小得多的人,创立了美的艺术,确定了美的艺术的不同种类。然而,我们的手段于其中所达到的适应能力和精确性正经历的惊人的增长使我们看到,古代的美的艺术即将发生深刻的变化。在所有艺术中都存在物质成分,这种物质成分已不再能像以前那样,使得艺术直接可以观赏和对待,它受制于现代科学和现代实践。近二十年来,无论是物质还是时间和空间,世界都不再是自古以来人们所习惯的那个样子了,已经面目全非。人们必须估计到,世界正发展着的伟大的技术革新会改变艺术的全部表达技巧,由此必将影响到艺术创作本身,最终或许还会导致以最迷人的方式,改变艺术概念本身。①

---

① 译者注:保罗·瓦莱里:《无处不在的征服》,《艺术拾零集》,巴黎版,第103—104页。

在马克思着手分析资本主义生产方式时,这种生产方式尚处于初级阶段。马克思是一个弥赛亚式的学者,他的全部努力,在于使他的研究具有预言未来的价值。他揭示了资本主义生产的基本情况,并通过对这种基本状况的描述,使人们由之出发,从而能看到资本主义未来发展的趋势。于是,凭着马克思的研究,人们可以看到,资本主义不仅越来越增强了对无产者的剥削,而且最终还创造出了消灭资本主义本身的条件。

上层建筑的变革要比社会底层基础的变革慢得多。用了半个多世纪,上层建筑的变革才使生产状况方面的变化,在所有文化领域中得到了体现。只是在今天,我们才能通过社会变革,确定这一变化以怎样的形态实现。要对之做出说明,就必然会对理论提出种种有预言性质的要求。然而,就符合这个预言性要求的程度而言,有关无产阶级在夺取政权之后的艺术论题,显然赶不上在现行生产条件下艺术发展倾向的论题来得这么迫切,更不要说无阶级社会的艺术论题了。现行生产条件下,谈论艺术发展倾向这一问题,应具有辩证法的眼光。这在上层建筑中,并不见得就不如在经济社会实际中那样不起眼。低估这些论题所具有的阶级斗争的价值,将是一种错误。这些论题漠视诸如创造力和天才力、永恒价值和神秘性等一些传统概念——对这些概念的不加以控制的运用(眼下要控制它们是很难的),就会导致在实践中被法西斯主义所左右。在下面,我们将重新引入艺术理论中的这些概念与那些较常见概念的不同之处,它们在艺术理论中,是根本不能为法西斯主义服务的;相反,它们对于表述艺术政策中的革命要求却是有用的。

一

艺术作品在原则上总是可复制的。任何人所制作的东西总是可被仿造的。学生们在艺术实践中进行模仿，大师们为传播他们的作品而进行复制，最终，所有艺术品甚至还得由追求赢利的第三种人造出复制品来（如艺术生产商、包装商、广告商）。然而，对艺术品的机械复制，其实较之于原来的作品本尊还表现出一些创新。这种创新在历史进程中断断续续地被接受，虽要相隔很长的时间才能有一些创新，但其效果却一次比一次强烈。譬如在古希腊，希腊人只知道用两种技术复制艺术品的方法：铸造和制模。他们能够大量复制的艺术品只有青铜器、陶器和钱币，其余的艺术品，都是独一无二，不可进行复制的。

我们都知道，早在文字能通过印刷复制之前的很长一段时间里，木刻就已破天荒地为版画艺术的复制提供了可能性。众所周知，在文献领域中，造成巨大变革的是印刷术，就是对文字的机械复制。但是，倘若从整个世界历史的角度来看，这些变化，并不是一个特殊现象，只不过显示得比较特殊罢了。

在欧洲中世纪的历史进程中，除了木刻外还有镌刻和蚀刻，到了十九世纪初，又有石印术出现。随着石印术的出现，复制技术达到了一个全新的阶段。这种简单得多的复制方法，与在一块木版上镌刻或在一片铜版上蚀刻很不同，它是按设计稿，在一块大理石版上描样，更为廉价和方便。这种复制方法第一次做到了能够大批量销入市场，就像以往的产品一样，而且能以日新月异的形式适应瞬息万变的市场变化。石印术的出现，使得版画艺术更好地表现日常生活，更好地阐释我们的生活，并开始和活字印刷术并驾齐驱。可是，在石印术发明后不到几十年时间里，现代照相摄影技术便超过了石印术。随着照相机的诞生，手在形象复制过程中，便首次减弱了所担当的最重要的艺术职能，这些职能便转移到通过镜头观照对象——眼睛那里去了。由于眼睛摄入比手画快得多，因而，形象复制过程就大大加快，以致它能跟得上讲话的速度。比如在电影摄影棚中，摄影师就以跟演员的讲话同样快的速度，拍摄下了一系列影像。如果说石印术可能孕育着画报的诞生，那么，照相摄影技术就孕育了有声电影的问世。而上世纪末，就有人已经开始尝试对声音的技术复制①。这些一致的努力，使人可以预见保罗·瓦莱里在下面这段话中所描述的情形："就像我们几乎不动声色地拉一下阀门或者开关，就能把水、煤气和电从遥远的地方输入到我们的住宅而为我们服务那样，我们也将配置一些视觉形象或音响的设备，为此，我们只需做一个简单的动作，差不多是个手势就能使这些形象或效果出现和消失。"

　　十九世纪前后，这样一种技术复制，达到了如此的一个水准，它不仅能复制一切已经传世的艺术作品，从而使得它们对社会的影响力产生最深刻的变化，而且它还在艺术处理方式中为自己获得了一席之地。在研究这一变化时，最富有启发意义的是，它的两种不同表现形式——对艺术品的大规模复制生产和电影艺术——都反过来对传统艺术的形式、表达和传播方式，产生了极为深刻的影响。

----

　　① 译者注：这里指爱迪生发明了留声机。

二

即使在最完美的艺术复制品中也会缺少一种活的生命力:艺术品的即时即地性,即它在问世地点的独一无二性。事实上,艺术作品唯有借助于这种独一无二性,才构成了历史的实体。艺术品的存在过程,就因此而受制于历史。这种变化,不仅仅是由于时间变迁使艺术品在其物理构造方面发生的变化,而且也包含了艺术品可能所处的不同占有关系的变化。前一种变化的痕迹,只能由化学或物理方式的分析去发掘。而这种分析在复制品中又是无法实现的;至于后一种变化的痕迹则是个传统问题,对其追踪的效果必须以当时当地艺术品产出的原点为其出发点。

原作的即时即地性,构成了它的本真性。对一件铜器上的绿锈作化学分析,可能有助于确定这种原真性,就像证明了某个中世纪的手抄本源出于一个十五世纪的档案馆,也许就有助于确定其本真性一样。完全的本真性是技术——当然不仅仅是技术——复制所达不到的。原作在碰到通常被视为赝品的手工复制品时,就获得了它全部的权威性。而碰到合法的技术复制品[①]时就不是这样了。其中的原因有如下两点:

第一点,技术复制比手工复制更独立于原作,乃是一个产品的衍生品。比如,在照相摄影中,技术复制可以突出那些由肉眼不能看见但镜头可以捕捉的原作部分,而且镜头可以挑选其拍摄角度;此外,照相摄影还可以通过放大或慢摄等方法,摄下那些肉眼未能看见的形象。这是其一。

第二点,技术复制能把原作的摹本带到原作本身无法达到的

---

① 译者注:即公开宣布为复制品,并以复制品价格销售。

境界。首先，不管它是以照片的形式出现，还是以留声机唱片的形式出现，它都使原作能随时随地为人所欣赏。大教堂挪了位置是为了在艺术爱好者的卧室里能被人观赏；在音乐厅或露天里演奏的合唱作品，在卧室里也能听见。

此外，艺术品的机械复制品所处的状况可能不大会触及艺术品的存在——但这种状况无论如何都使艺术品的即时即地性丧失了。这一点不仅对艺术品来说是这样，对例如电影观众眼前闪过的一处风景来说也是这样。因此，通过展示艺术品的过程还触及了一个最敏感的核心问题，即艺术品的本真性问题；而在这个关键性的问题上，没有什么自然物会如此地易受损害。一件艺术品的本真性，包括它自问世那一刻起可记录的所有东西，包括它实际存在时间的长短，以及它曾经存在过的历史证据。由于它存在过的历史证据，取决于它实际存在时间的长短，因而，当复制活动中其实际存在时间的长短摆脱了人的控制，一件东西的历史证据也就难以确凿了。当然，也仅仅是历史证据，但如此一来难以成立的就是该东西的权威性了。

人们可以把在此排除的东西，纳入到"魅影"①这个概念中，并指出，在对艺术作品的机械复制时代凋谢的东西就是艺术品的"魅影"。这是一个有鲜明特点的过程，其意义远远超出了艺术范围之外。一言以蔽之，复制技术把所复制的东西，从传统领域传播和欣赏的局限中解脱了出来。由于它大批量地制作了许许多多的复制品，因而它就用众多的复制物取代了艺术原作品独一无二的存在；由于大规模的机械复制品，能为接受者在其自身的环境中去加以欣赏，因而它就赋予了所复制的艺术作品难以想象的

---

① 译者注：本雅明在此说明是艺术作品的影子。

现实活力。这两方面的进程导致了传统艺术的大动荡——作为人性的现代危机,以及作为现代对立面的传统方式本身的大动荡。它们都与现代社会的群众运动密切相关。要认识清楚这一点,其最有影响力的代理人就是电影。

电影的社会意义即使在它最具建设性的形态中——恰恰在此当中并不排除其破坏性、宣泄性的一面,即扫荡文化遗产的传统价值的一面也是可以想见的,这一现象在伟大的历史电影中表现得最为明显,并不断扩大。阿比尔·刚斯曾在1927年热情满怀地宣称:"莎士比亚、伦勃朗、贝多芬,他们都将被拍成电影……所有的传说、所有的神话和传奇故事,所有创立宗教的人和各种宗教本身的故事……都有待一日,能够在水银灯下复活,在大银幕上再现,而主人公们,则在墓门前你推我搡。"

也许,他并没有很周详地论述清楚这一点,但确实发出了最为广泛地进行全面变革的呼吁声。

三

在历史的漫漫长河里,人类的感性认识方式,是随着人类群体的整体性生活方式的改变而改变的。人类感性认识的组织方式(这一认识赖以完成的手段)不仅受制于自然条件,而且也受制于历史条件。在历史上的民族大交融的时代,晚期罗马的美术工业和维也纳风格也就随之出现了,该时代不仅拥有了一种不同于古希腊罗马文化的新艺术,而且也拥有了一种不同的感知方式。维也纳学派的学者李格尔和维克霍夫首次由这种新艺术出发,探讨了当时发挥主导性的感知世界的方式。他们蔑视埋没这种新艺术的古典传统,尽管他们的认识是深刻的,但他们仅满足于去揭示晚期罗马时期固有的感知方式的形式特点。这是他们的一个局限。他们没有非常努力地(也许无法指望)去揭示这些感知方式的变化所对应的社会境况的变化。现在,获得这种认识的条件非常有利了。如果能将我们现代感知媒介的变化理解为艺术品"魅影"的衰竭,那么,人们就能揭示这种衰竭的社会条件。

上面就历史对象提出的"魅影"概念,值得根据自然对象的光晕概念去加以说明。我们将自然对象的"魅影"界定为在一定距离之外的显现,如海市蜃楼,但它感觉好似非常接近,并且独一无二。在一个夏日的午后,一边休憩着,一边凝视地平线上的那座连绵不断的山脉,或者一根在休憩者身上投下绿荫的树枝。那就是这座山脉或这根树枝的光晕在散发,借助这种描述,就能使人容易理解"魅影"在当代衰竭的社会条件。"魅影"的衰竭来自于两种情形,它们都与当代生活中大众的影响力不断提高有关。即现代大众具有要使物在空间上和人性上更易"接近"的强烈愿望,就像他们具有着接受每件实物的复制品以克服其独一无二性的强烈倾向一样。这种通过占有一个对象的形似之物、摹本或占有它的复制品来占有这个艺术品的愿望,对于大众一天比一天强烈。显然,由画报和新闻影片展现的复制品,与亲眼所目睹的形象不一样。在这种现象中,对于独一无二性的追求,和永久性紧密交叉,正如短暂性和重复性在那些复制品中交织在一起一样。把一件东西从它固有的外壳中撬出来,摧毁它的魅力,是这种感知的特征所在。人的这种感觉,将"世间万物皆平等的意识"增强到了无以复加的地步,以致它甚至用复制方法从独一无二的艺术作品中去提取出这种感觉。因而,就像统计学对于理论领域的重要性一样,这种基于大众需求提供复制的计算,在形象领域中也显现了。这种现实与大众、大众与现实互相对应的过程,不仅对思想来说,而且对感觉来说也是无限展开的。

四

　　一件艺术作品的独一无二性,与它所处于的那种传统的联系是一致的。当然,这传统本身是绝对富有生气的东西,它具有极大的可变性。例如,有一尊维纳斯的古雕像,在古希腊和中世纪就处于完全不同的传统联系中。希腊人把维纳斯雕像视为崇拜的对象,而中世纪的牧师则把它视作一尊淫乱的邪神像。但这两种人都以同样的方式触及了这尊雕像的独一无二性,即它的"魅影"。艺术作品在与传统的联系中,其存在方式最初体现在信仰膜拜中。我们知道,最早的艺术品起源于某种社会礼仪——起初是巫术礼仪,后来是宗教礼仪。在此,具有决定性意义的是,艺术作品那种具有"魅影"的存在方式从未完全与它的礼仪功能分开。也就是说,"本真"的艺术作品所具有的独一无二的价值植根于神学,艺术作品在仪式中获得了其原始的、最起初的使用价值。作为一种世俗化了的仪式崇拜对美的欣赏,艺术作品的这种仪式方面的根基性,不管如何随着光阴变化,依然是清晰可辨的。世俗的对美的崇拜,随着文艺复兴而发展起来,并且兴盛达三个世纪之久。这就使人们看到了艺术品仪式感的基础。艺术品的仪式性,在此后便遭受到了第一次重大的震荡。随着第一次真正革命性的复制方法的出现——即照相摄影技术的出现(与此同时,也伴随着社会主义的兴起),艺术的感觉本身在几百年后面临着一场非常显而易见的危机。艺术就用"为艺术而艺术"的原则,即用这种艺术神学作出了反应。由此就出现了一种以"纯"艺术观念形态表现出来的,完全否定的神学,它不仅否定艺术的所有社会功能,而且也否定根据艺术品体裁对艺术所作的任何界定——在诗歌中,法国象征主义诗人马拉美是始作俑者。

  对机械复制时代艺术作品的考察必须十分公正地对待这些关系,因为这些关系在此给我们准备了一些决定性的看法:艺术作品的可机械复制性在世界历史上第一次把艺术品从它对礼仪的寄生中解放了出来。复制艺术品越来越成了着眼于对可复制性艺术品的复制。例如,人们可以用一张照相底片复制大量的相片,而要鉴别其中哪张是"真品"则是毫无意义的。然而,当艺术创作的原真性标准失灵之时,艺术的整个社会功能也就得到了改变。它不再建立在礼仪的根基上,而是建立在另一种实践上,即建立在政治的根基上。

五

  对艺术作品的接受有着不同方面的侧重,在这些不同侧重中有两种尤为明显:一种侧重于艺术品的膜拜价值,另一种侧重于艺术品的展示价值。艺术创造发端于为神学崇拜服务的创造物。人们可以认为,在这种创造物中,重要的并不是它被观照着,而是它存在着。石器时代的原始人,在其洞内墙上所描画的驼鹿,就是一种巫术工具。洞穴里的原始人虽然在他们的同伴面前画出了这种驼鹿,但是,这些驼鹿主要是奉献给神灵的。看来,正是这种神灵崇拜在今天,迫使人们要去隐藏艺术品:有些神像只有庙宇中的神职人员才能接近,而有些圣母像几乎全年被遮盖着,中世纪大教堂中的有些雕像就无法为地上的观赏者所见。随着单个艺术活动从宗教仪式这个母腹中的解放,其产品便增加了更多外出展示的机会。能够在朋友之间礼尚往来的半身像,就比固定在庙宇中的神像具有更大的可展示性。木版画的可展示性就要比先于此的马赛克画或湿壁画的可展示性来得大。也许，弥撒曲的可展示性本来与交响曲的可展示性是旗鼓相当的。可是，交响曲的应运而生，并不与宗教仪式有密切关联，完全形成于一个其可展示性看来要比弥撒曲的可展示性来得大的时机中。

由于对艺术品进行复制方法的多样，便如此大规模地增加了艺术品的可展示性。以致在艺术品本身的量变，像在原始时代步入文明社会一样，突发本性的质变。就像原始时代的艺术作品通过对其膜拜价值的绝对推重首先成了一种巫术工具一样（人们在很长的时间之后，才在某种程度上把这个工具视为艺术品）。现在，艺术品通过对其展示价值的绝对推重，便成了一种具有全新功能的产品。在这种全新功能中，我们意识到的这些艺术创造能力，将原本人们视之为附带的功能，更加充分地突显出来。现在的照相摄影还有电影，均提供了达到如上这种认识的最出色的途径。这都是毋庸置疑的。

六

在照相摄影中，其能够展示的价值，开始完全地抑制了崇拜的价值。然而，相片的崇拜价值并不是很乖顺地消失的，它拉出了其最后一道防线。这最后的一道防线就是人像摄影。早期照相摄影都以人像为中心，这一点绝不是偶然的。在对遥远的或已消失的爱进行缅怀的膜拜中，画像的崇拜价值找到了其最后的避难所。在早期照相摄影中，光晕通过人像面部的瞬间表情似乎还在作最后的道别，构成这最后道别的就是摄影那忧郁的无与伦比之美。可是，当人像在照相摄影中消失之时，其展示价

当人像在摄影中消失时，其展示价值便超越了崇拜价值。

值便在此超越了崇拜价值。摄影艺术家阿杰特①的独特意义就在于展现了这个过程,他于1900年摄下了无人的巴黎街区。然而,人们完全有理由说,他摄下的巴黎街区宛如一片作案现场。就连作案现场也是无人的。阿杰特的摄影,是为了推定证据。照相摄影艺术从阿杰特开始,便成为历史进程中的一些见证者。这样就使摄影具有了潜在的政治意义。摄影要求有一种特定的接受,它不再与自由想象或者沉静默思相符合。它使观赏者坐立不安,观赏者觉得必须寻找一条通向这些摄影的特定道路。于是,引路人便同时向观赏者展现了一些画报。不管是正确的,还是错误的。这样,这些图片就首次提出了需要作出文字说明的必要。显然,这种文字说明,具有一种与绘画标题完全不同的性质。欣赏者们可以通过文字说明,从画报中直接获知意旨。这一点,在电影中就愈趋致密和强化。在电影中,好像对任何单个画面的理解都是由已消逝的所有先行展现的画面所规定好了的。

七

整个十九世纪的绘画和照相摄影,围绕其产品艺术价值所进行的争论,在今天看来仍然是不合适,其结论含糊不清。但是,这与其说是拒斥了摄影作为艺术品的意义,不如说是可能强调了其成为艺术品的意义。实际上,这个争论恰恰体现了世界历史所发生的变化。而这个变化是争论双方都未意识到的。由于艺术在机械复制时代失去了它的宗教崇拜的基础,从而导致它的自主性外观也就消失了。可是,由此出现的艺术功能的演化却脱离了十九世纪的人的视野,甚至,连经历了电影发展的二十世纪的人,在

---

① 译者注:尤金·阿杰特(Eugène Atget),法国摄影师。

很长一段时间内也没有觉察到这一点。

如果人们以前对照相摄影是否是一门艺术,作了许多无谓的探讨的话,那是因为人们没有预先考察一下:艺术的整个特质是否由照相摄影的发明而得到了改变——那么,电影理论家不久就接受了伦佐所提出的相应的问题。但是,这种照相摄影给传统美学所带来的困境,对于电影及其期望来说,简直就是一种儿戏。电影理论带着一种盲目的强行由此产生,并成为一种新艺术的显著标志。于是,刚斯就把电影与象形的文字进行了比较:"由于我们奇特地倒退到了存在物之中,因此,我们又回到了埃及人的表达水平上……形象语言尚未发展到成熟地步,这是由于我们还不具有与之对应的洞察力。对于形象语言中表达的东西,我们尚没有充分重视,而且也不具有充分的膜拜感情。"

或者正如玛赫所说:"哪一种艺术能够具有……融虚构和现实于一体的梦幻呢!从这一立场出发,电影就体现了一种完全无法比拟的表现方式。只有那些具有高尚思维方式的人,在他们生活经历的那些最完美的、充满神秘色彩的瞬间才能进到电影的氛围中。"

而亚历山大·阿奴斯正是用如下这个问题结束了对无声电影的幻想:"我们在此所用的所有大胆描述难道不应导致对默祷的界定吗?"看到如下这一点是很有意义的,即把电影归结为"艺术"的努力,迫使理论家们非常武断地硬是要把社会崇拜的因素注解到电影中。不过,这个推测付诸公开时,已有了诸如《公众舆论》和《淘金记》这样的作品。而这并没有阻止刚斯去与象形文字作比较,而玛赫则像人们论述安吉尔的画像那样去论述电影。在此,值得注意的是,如今还有特别反动的作家也同样是在宗教方面,就是在超自然方面,去寻找电影的意义的。在莱茵哈特把《仲夏夜之梦》拍成电影的时候,威佛尔就指出,这无疑是对这样一个外在世界的无创造性的复制。这个外在世界有街道、居室、火车站、饭馆、汽车和海滩。这种无创造性的复制,迄今为止妨碍了电影在艺术王国中的崛起。电影还没有认识它的真正含义,还没有认识它的真正能力……电影的真正可能性,存在于它的这种独一无二的能力中,即用逼真的手段和无与伦比的直观性,去表现无比迷人的东西,使人惊讶的东西,即超越自然的东西。①

八

可以非常肯定地说,舞台演员所作出的艺术成就,对观众来说,是通过观看演员自身表演来获得判断的。与之相反,电影演员所表现出的艺术成就,对观众来说,则是由某些机械来实现的。机械表现具有双重结果。把电影演员的成就展现在观众面前的机械,并不影响表演片段作为演员表演艺术的整体来表现。它在摄影师操纵下,不断对电影演员的成就进行展示。电影的这种状态,是由剪辑顺序提供的材料组接的,这样导致的结果,便是出现了一种纯粹剪辑合成而演绎出的电影。它含有一些运动因素,而这必定是摄影机的那些运动因素——我们无需指出诸如特写镜头这种专业的镜头角度。因此,电影演员的成就,其实受制于一系列视觉呈现的机械。这是电影演员的成就,由机械来展现所导致的第一个结果。第二个结果是,电影演员由于不是本人亲自向观众展现他的表演,因而,他就失去了舞台上传统的戏剧演员所

---

① 译者注:本雅明对电影艺术的这一可能性的判断显而易见是非常正确且有远见的,基于他对电影艺术本质的深刻领悟。

具有的，在表演过程中不断适应观众的能力，以及与这些能力的相关成就。由此观众就采取了一种全新的态度来鉴赏电影，他们不再受与演员私人接触的影响。而观众通过站在摄影机的角度，把自身移入到了演员角色当中。因此，他又采取了摄影机的态度：他对演员进行着检测。这就不是一种能产生崇拜价值的态度，而仅仅是一种机械的观照。

九

对电影来说，关键之处更在于演员是在机械面前所展示的自我表演，而不是在观众面前为人们的表演。最早发觉这一点，并检测觉察到这种演员的"隐形的人"状态，是皮兰德娄①在其小说《拍成电影》中对此所作的洞察。但若仅仅使之局限在对过程的否定方面，这并无大碍，而使之与无声电影相联，则更无大碍。因为，有声电影对电影的自然发展过程丝毫没有做出什么质的改变。在此，关键之处依然在于，演员是为一种机械——在有声电影中是为两种机械，即摄影机和录音机，进行表演。皮兰德娄因此而指出："电影演员觉得自己仿佛是在流放一样。"他不仅从舞台中流放了出来，也从其自身角色中流放了出来。随着说不清的不适应，他感觉到了一种难以名状的空虚，这种空虚由此而来：他的身体似乎被分解了，他本人似乎被蒸发掉了，而且通过转变成

---

① 译者注：路伊吉·皮兰德娄(1867—1936)，意大利小说家、戏剧家。1934年作品《寻找自我》获诺贝尔文学奖。获奖理由："他果敢而灵巧地复兴了戏剧艺术和舞台艺术。"他一生共创作了四十多部剧本，主要剧作有《诚实的快乐》《六个寻找剧作者的角色》《亨利四世》《我们今晚即兴演出》《寻找自我》等。其中《六个寻找剧作者的角色》和《亨利四世》已成为世界戏剧史上的传世佳作。这些戏剧采用怪诞离奇的情节或戏中戏的戏剧形式，揭示生活与形式的矛盾，阐释作者独特的哲学思想。

一个无声形象,他的存在、他的生活、他的声音和他的活动造成的音响似乎被剥夺了,这个无声形象在银幕的某个瞬间中晃动,然后又默默地消失……这种小装置用演员的投影,在观众面前表演;而演员本人,则必须满足于在摄影机面前进行表演。我们可以对类似的情况作如下描述:人们第一次——在电影作品中正是这样——能够展现他活生生的整个形象,但这必须以放弃他本人整体性的魅力为条件。因为"魅影"来自于即时即地,对"魅影"无法进行摹仿和再现。在舞台上麦克白斯一角显现的魅力,在有生气的观众看来不能脱离那依附在扮演麦克白斯演员周围的魅力。电影摄影棚中拍摄的独特之处,在于它把摄影机放在了观众的地位上。这样一来,必然消除依附在演员周围的魅影——通过这样,也必然消除演员所扮演的角色的魅力。

皮兰德娄这样的剧作大师在描绘电影特征时,不由自主地触及了我们看到的传统戏剧所遭受危机性的根源。这一点不足为奇。因为,彻底地由机械复制去控制的艺术作品——例如电影,那么它与舞台的对立就再明显不过了。所有对之进行深入考察的人,都可以证实这一点。有经验的观赏者,如梅利耶,很早就发现:"在电影中,由于人们尽可能少地去像表演戏剧那样去'表演',几乎总是获得了最大的效果……"

阿恩海姆于 1932 年看到,"电影的最近发展在于,像人们精心选择的道具一样去对待那些个演员……并把他们放到一个合适的位置上。"而与之最为紧密关联的,则是另一些现象。登台表演的传统戏剧演员往往很快融入到了角色之中,而电影演员则往往做不到这一点。他的成就并不是一个统一于整体的表演成就,而是由众多的单个片段式表演的成就所组成的。除了偶然要考虑到的那一些因素,如摄影棚的租金、合伙人的调配以及美工效果等等之外,这种机械作为本质的必然性,会把演员的表演分割成一段又一段可以进行剪辑的片断。因为首先还涉及到要安装灯光设备及照明效果,故而使得对银幕上统一的快速运动过程,要在一组分别拍摄出来的镜头中去加以表现。这在摄影棚中则可能要由数小时之久的拍摄来完成,更不要说是在手工的蒙太奇剪辑了,还需要更长的时间。因此,如果电影里有"跳出窗口"的情节,可在摄影棚中以脚手架上跳跃的形态来拍摄,紧接着的"飞快逃跑"的情节,也许就是几星期之后在外景中真实摄制了。此外,在电影拍摄中,展示突发的情形也变得非常容易。可以设想,要求戏剧演员被敲门声吓了一跳,也许,这种惊慌失措的感觉,并非如人所愿地显得那么突兀。那么,当演员在摄影棚中,导演找不到那种感觉,可以让预先埋伏的人从他背后猛地开枪惊吓他。于是,演员在这一片刻的惊慌可立刻被拍摄下来,并被剪接到电影中,显得很真实了。没有比这一点更清楚地表明,艺术已脱离了"表面性真实"(假定性真实)的境界——而这一境界一直被视为艺术于其中发展的唯一境界。

十

正像皮兰德娄所指出的那样,演员在机械面前的诧异,本来完全像人在镜子中看到他的映像时所产生的诧异一样。而现在,镜中的映像则可以与他相分离,它成了可以移动的东西。

那么,人们把它移到了何处呢?答案是:完全移到了观众面前。电影演员自身一分一秒也没有脱离对这一点的意识。电影演员知道,当他站在投影机前时,他就站在了一整个与观众相关联的体系当中。观众就是欣赏他们表演的市场买家。电影演员不仅用他的劳动力,而且还用他的肌肤和毛发,用他的心灵和肾脏进入到这个市场中进行交易。这个市场在电影演员为其作出卓越贡献之前,很少能为他自己个人所把握,就像它不可能为企业中所制造出的某件商品所把握一样。这种情形不就加剧着电影生产的压抑性,也加剧着电影演员们特有的焦虑,那种焦虑,在皮兰德娄看来是演员在摄影机前才会产生的?电影用在摄影棚之外,对电影"名人"的人工制造来补偿"魅韵"的消失。由电影资本支撑的明星崇拜,保存了戏剧演员那种固有的"社会名流的魅力"。而这种魅力的实质,向来只在于演员的商品特质,不过是一种骗人的玩意。

电影是一种崭新的艺术。只要电影资本规定了电影的状态,那么通常而言,当代电影能具备一种革命性的贡献,即对传统的艺术观念进行革命的批判。我们不否认当代电影除此之外在某些独特情形中,也对社会状况,即社会现有的财产秩序,进行革命的批判。然而,这一点就像对于西欧电影生产的重点一样,它并非是我们当下要去考察的重点内容。因为西欧电影的娱乐性,远远淹没了社会批判性。

电影技巧也同体育运动技巧一样,参与制作电影的每个人,都是作为半个行家而沉浸于展示技巧的成就中。为了说明清楚这个事实,只需要倾听一下那些在自己自行车上的报童所谈论的内容。他们依靠在各自的自行车上,对自行车赛结果侃侃而谈。报刊出版商当然不是想白白来组织其报童进行自行车赛,而这却唤起了参赛者的极大兴致。因为这次比赛中的获胜者,能自我感觉由普通的报童被提升为赛车的运动员。再比如,新闻短片的拍摄,就使每个人能作为过路行人而成为电影中的无台词角色。也许,人们就此产生一种假象,似乎看到自己进入到了艺术作品中。有关于这一点可以回忆一下苏联导演维尔托夫的《三首关于列宁的歌曲》或伊温思的电影《在布利纳杰矿区》。每个现代人都能提出被拍成电影的要求,他们渴望进入电影镜头,被作为艺术品保留下来。

只要细致考察一下有关当代文献的历史境况,就可以最出色地阐明这一点。几百年以来,有关历史文献的情况,都是很少的一部分作者与成千上万倍的读者相对峙。但这一状况,在上世纪末出现了一个变化。随着新闻出版业的日益发展,新闻出版业不断地给读者提供了新的政治、宗教、科学、职业和地方的喉舌,越来越多的读者变成了作者——虽然,相比较基数而言这只是个别现象。这肇始于日报向读者开辟了"读者来信"。到了现在,几乎没有一个参与劳动的欧洲人,会没有在某一个地方发表劳动经验、烦恼、新闻报道或诸如此类作品的机会。由此,区分作者和读者就开始失去了意义。这种区分只成了一种功能性的,对个体简单的区分。读者随时都能准备成为作者,他作为某方面的内行,就具有了成为作者的可能。而在一个极端专门化的劳动过程中,他必然好歹要成为一个内行,哪怕只是某件微不足道的工作的内行。在苏联,劳动本身就得到了文字表达,而且对劳动的文字表达,已经成为从事劳动所必需的能耐之一。从事文学的权力不再植根于专门的训练中,而是植根于多方面的训练。因此,文学也就成了公共财富。

然而,电影更进一步,它可轻而易举地摄下所有这一切,更直观,更简易。而文学在几百年以来所经历的演变,在电影中则只经过十年的历程,就实现了。因为,在电影实践中——尤其在苏俄的电影实践中,这种演变已经部分地实现了。在苏俄的一些电影中,有些演员并不是我们意义上的戏剧演员去扮演别人。他们只是扮演自己,扮演他们首先在劳动过程中的大众身份。面对当代人希望自己被复现的正当要求,在西欧,那种对电影的资本主义开发,却制止了对谁进行特殊的满足需要。在这样的情况下,电影工业就只有竭尽全力地通过幻觉般的想象和多重意义的演绎,诱使大众参与进来。

十一

拍摄一部电影,尤其是拍摄一部有声电影,这在从前,整个儿都是根本不可想象的场景。不过,我们现在可以看到了。电影的拍摄,显示出这样一个过程,其中任何一个视角无法归属于传统的所谓舞台表演。在这一过程中,摄影机、灯光装置以及一些辅助人员等都不进入旁观者的视野。旁观者的瞳孔,只能与摄影机保持一致。电影比其他艺术形式,更能使摄影棚中的场面形成一种近乎自然状态的形式。舞台戏剧,各个场面存在一种表面性的、无关紧要的类似,但依然不接近自然状态。从根本上说,一个戏剧艺术家知道这一点,不能毫不掩饰地把剧情视为纯幻想性的场景。而在电影的拍摄场景中,则不存在这种情形。它的那一种幻想性的自然,是一种二手的自然。它是剪辑的产物。这也就是说:在摄影棚中,摄影机这个设备,深深地闯入到了事实中。这导致了电影似乎能展示事件最为纯粹的面貌,没有了摄影机的那种陌生性,而成了某种独特技术程序的产物,那就是电影的独特生产方式,即用某种特定的摄影机进行拍摄,并以另一处同样的摄影，与之进行重新组接。在此,现实的那些非机械的方面,就成了其最富有艺术意味的方面,而对直接现实的观照,形成了技术王国里的一朵蓝花。

把电影表现的现实和戏剧表现的事实相比显得突出的情形,再与绘画艺术面对的事实相比较,则更有启发的意义。在此,我们要提出这样的问题:电影似乎呈现一种外科手术医生般的事实,何以来与画家眼中的事实相比呢？

为了回答这个问题,我们可以对"外科医生眼中的事实"这个概念加以细细地思考,并进一步得出结论。"外科医生一般的精准"这个概念,由科学而来,是科学界经常使用的。外科医生表示着某一种社会秩序的一极,另一极则是巫医。外科医生的治病方法与巫师不同,巫师是用伸手比画来对待病人的,而外科医生则深入到病人身体动手术。巫师与病人保持天然的距离,确切地说,巫医借助他伸出的手,多少缩小了这种距离。可是,在此同时,巫师借助他沟通神灵的权威性,又扩大了这种距离；而外科医生则相反,他通过深入到病人内部,大大缩小了自己与病人的距离,而随着他的手开始在病人器官中的谨慎操作,又多少扩大了这种距离。简言之:外科医生与巫师的方式并不同,在决定性的关键时刻,他并没有同病人直接照面,而是深入到病人的局部,即病人的身体中进行手术。巫师和外科医生对待行医的态度,就像画家和电影摄影师的行事态度一样。画家在他的工作中与对象保持着天然距离,而电影摄影师则相反,深深地沉入到艺术表现对象(即整部电影)的局部之中进行拍摄。因此,他们两者所展现的形象,是有很大差异的。画家提供的形象是一个完整的形象,而电影摄影师提供的形象则是一个分解成许多部分的形象,它的各个部分,是按照一个新的原则重新组接在一起。因此,电影对现实的表现,在现代人看来,就是非同寻常的、真实的、有意义的表现。因为这种表现,正是通过其最强烈的机械手段,貌似充分再现了现实中非机械的方面。因为电影的出现,现代人就有权要求艺术品充分展现现实中的这种非机械的方面。

十二

艺术作品的机械复制性,极大地改变了大众与艺术的关系。它变革掉了那种最落后的关系①,例如对毕加索的绘画;把艺术充分激变成了最进步的关系,例如卓别林的电影。在此,我所讨论的"进步行为"的特征在于:在社会实践中,进行观照和体验的快感,大众行家般的鉴赏态度,发生了密切关联。它是一种重要的社会标志。实际上,艺术的社会意义减少得越多,观众的批判和欣赏态度也就被化解得越多——例如,绘画就鲜明地证实了这一点。习俗的东西,就是被人不带批判性地欣赏的。而对于真正创新的东西,人们则往往带着反感去加以批判。在电影院中,观众个人的批判态度和欣赏态度都化解了。这种化解的主要特点在于,没有任何一处艺术欣赏地点,能比得上在电影院中那样,个人的反应,会从一开始就被眼前直接密集呈现的艺术品所带动。欣赏电影的个人反应的总和,就组成了观众的强烈反应。个人的反应正由于太及时、太充分地表现了出来,因而从另一个角度来说,这些个人反应也就被制约了。在此,我们继续把电影与绘画作一下比较,仍然是深有意味的。

----

① 译者注:作为马克思主义批评家,本雅明的"落后关系"这里指的是为艺术而艺术、脱离大众。故而他否定毕加索的绘画,而肯定卓别林的电影。

一幅绘画,应该具备被某一个人或一些人观赏的特殊要求。而一个庞大的观众群,对绘画的同时观赏,就像十九世纪所出现的情形那样,却是此种绘画陷入早期危机的一个症状。绘画艺术发生的危机,绝不是单单由照相摄影艺术的产生而引起的,而是相对独立于照相摄影,由大众对艺术品的要求所引起的。绘画无法像以前那样很轻易就成为一种大众性的共时的接受对象。然后,这一点,即容易成为大众欣赏对象,很适用于建筑艺术,适用于叙事诗,在现在,很适用于电影。因为这种状况,原本难以去轻易得出有关绘画的社会作用的看法。然而,当绘画在某些特殊情形下并在某种程度上,一反其无法被大众快速接受的特性,而被迫直接面对大众之时,大众对绘画的快速认同,就会发生一种起决定作用的损害。在中世纪的教堂和寺院,以及直至十八世纪末的皇室宫廷中,所产生的对绘画的群众性的接受,并不是共时的,而是循序渐进的,由等级秩序所传递的。如果不是这样,那么由此,就会出现一种特殊的情况,绘画因其可机械复制性而充分引发冲突。不管人们曾否把这种绘画放入到美术馆和陈列馆中,从而把它们展现在大众面前,大众在这样被动接受的机制中,还是不可能对自己加以组织和控制。而相反,大众如若面对荒诞电影会作出进步的反应,面对超现实主义的绘画,就必然成为落后的观众了。

十三

电影的特征,不仅在于演员如何面对着摄影机去表演,还在于摄影师如何借助摄影机去表现客观世界。效能心理学使我们明白了仪器检测的能力,而精神分析学则从另一角度说明了仪器的能力。电影艺术,在实际上用可以由弗洛伊德理论来解释的方法,丰富了我们观看世界的形态。

五十年以前,对交谈中的口误多少还没有人去注意。但口误若突然从日常交谈中开辟一条崭新的道路,能够引导我们进入人类精神某个深层方面去,这才会被视为特殊情形加以重视。所以,自从《日常生活的心理分析》一书问世后,情况就发生了变化。它把以往感知外物过程中,未被察觉而潜伏着的东西凸显了出来,并同时使人们能对之加以分析。电影在视觉世界的整个领域中——现在也在听觉领域中,导致了对艺术观感某种程度的深化。电影所展示的世界,比绘画或剧场所展示的艺术效果要精确得多。而且,它能放在更多的视点中去加以分析,这只是它的优点之一。较之于绘画,仅凭着这一点,就无比精确地说明了电影中所展示的成就,具有着更大的可分析性。而较之于舞台艺术,电影展示的艺术成就,所具有的更大的可分析性,是以一个更高级的凸显性为条件的。这个凸显的主要意义,在于它具有促进艺术和科学之间相互渗透的倾向。实际上,从某个特定的情况之中,好似身体上的一块肌肉中,美满地凸显出的行为态度,很难再能说明电影所表现的,更强烈的是隶属于其艺术价值,还是其科学使用价值。电影的革命性功能之一,就是使照相的艺术价值和科学价值合为一体。而在此以前,这两者一直是相互分离的。

电影是根据其脚本的特写所拍摄的,通过对我们所熟悉的道具来隐匿诸多细节,还通过摄影机的出色引导,对乏味环境进行探索。电影一方面增加了我们对习以为常的生活的深刻洞察,另一方面,给我们保证了一个巨大的、料想不到的想象空间。我们的小酒馆和城市里的街道,我们的办公室和配备家具的卧室,我们的铁路车站和工厂企业,看来完全囚禁了我们。电影深入到了这个充满桎梏的世界中,并用 1/10 秒反应的甘油炸药,一举轰塌了这个牢笼般的世界。这导致我们现在深入到它四处散落的废墟当中,从容自若地进行冒险性的旅行。电影中的特写镜头延伸了空间,而慢动作镜头则拉伸了运动,单纯地放大了我们"原本"看不清的事物,对之加以仔细说明,更是使新材料新技术完满地达到了预期的展示。慢镜头动作,也不仅只是使熟悉的运动得到显现,而且还在这熟悉的运动放慢过程中,揭示了完全未知的运动。这种运动好像一种奇特滑行的、飘忽不定的、超凡的运动,而不仅仅是放慢了的快速运动。显而易见,这是一个异样的世界,它并不同于眼前事物那样简单地在摄影机前展现。这种异样,首先是因为:它代替人们有意识所编织之空间的是无意识编织的空间。某人从人们的步态中来作解释,哪怕是粗略的,如果要说这一现象经常发生,那么,他在他们开始大步走的一刹那对其姿势肯定是毫无意识的。假如抓取打火机或小勺产生的手感在我们看来大体上是熟悉的话,那么,我们就很难了解在手和金属之间究竟发生了什么运动,更不要说这些运动如何随着我们的心境而波动了。而摄影机凭借一些辅助手段,例如通过下降和提升,通过分割和孤立处理,通过对过程的延长和压缩,通过放大和缩小进行介入。我们只有通过摄影机才能了解到视觉领域的无意识,就像通过精神分析去了解到本能无意识一样。

十四

自古以来,艺术最重要的任务之一就是对时下尚未完全满足之问题的追求。每一种艺术形式的发展史都有一些关键阶段。

在这些关键阶段中,艺术形式发生着巨大的变化,它们追求着那些只有在技术水平发生变化时才能体现的变化。即只有在某个新的艺术形式中,新技术的影响让艺术产生截然不同的效果。在这样的历史关键点,所出现的艺术具有无节制性和粗野性,尤其在所谓传统艺术的衰落时代,新艺术产生的历史合力,无与伦比,显得力道十足。最近的达达主义也充满这种粗野风格。现在,我们才可以看到它的冲击力:达达主义企图借助于绘画(或借助于文学),去创造今天的观众在电影中所追求的效应。

所有这些全新的、开创性的追求,都会超越它的目标。达达主义做到了这种程度,为了达到更富有意蕴的程度。这种目的,在目前的艺术体系中,显然没有被达达主义者意识到——从而牺牲了电影高度具有的市场价值。达达主义者很少重视其艺术品在商业上的实用性,而更多地推崇其艺术品作为景观对象的无用之用。他们大多试图通过根本贬低其所使用的材料,而达到这种无用性。他们创作的诗歌是一盘"语词色拉",其中含有一些猥亵的词语,而且其中所有部分都具有可以想见的语言渣滓。他们创作的绘画也是如此,他们在绘画上贴上了纽扣或汽车票。他们借此所达到这样的目的,所有的东西就是对其创作的"魅影"进行彻底的摧毁。他们通过生产手段,把复制的印记铭刻在了这种创作中。如同是面对德莱的一幅画或里尔克①的一首诗,去面对阿波利奈尔的一幅画,或斯特拉姆的一首诗,从而花时间去聚精会

---

① 译者注:赖内·马利亚·里尔克(Rainer Maria Rilke,1875—1926),奥地利诗人,二十世纪最伟大的德语诗人。他生于铁路职工家庭,大学攻读哲学、艺术与文学史,1897年后,怀着孤独、寂寞的心情遍游欧洲各国。他会见过托尔斯泰,给大雕塑家罗丹当过秘书,并深受法国象征派诗人波德莱尔等人的影响。重要代表作有《杜伊诺哀歌》《豹》《致奥尔佛斯的十四行》等。

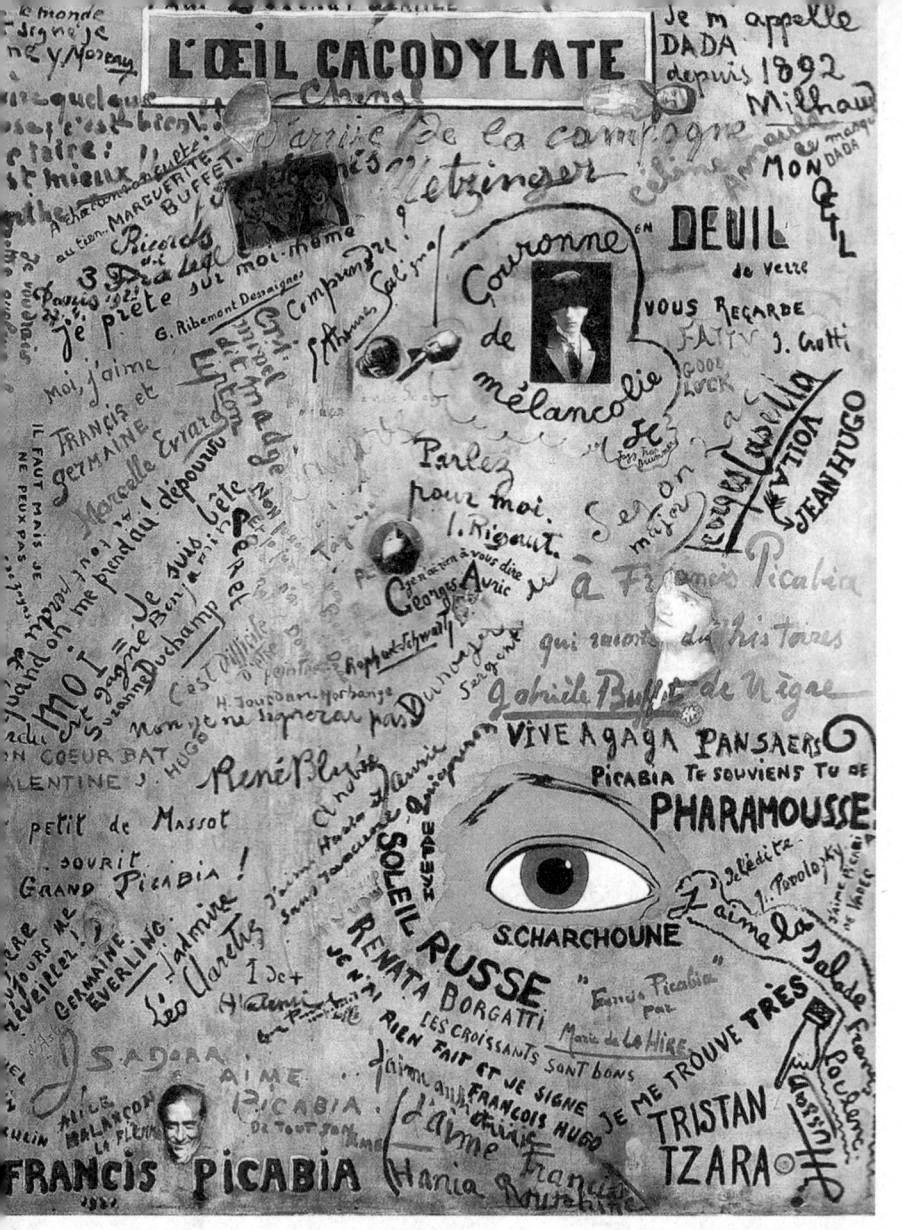

诗歌是一盘"语词色拉",复制的印记将创作魅影彻底摧毁。

神并发表意见,这是不可能的。在资产阶级文化的衰变中,专注行为变为一种不合社会的行为,因为专注与作为社会行为游戏方式的漫不经心是相对立的。实际上,达达主义者的宣言,确立了一种相当强烈的分散注意力的做法。因为,达达主义者的宣言明确了使得艺术品成了制造骇人听闻事件的中心,在这个中心,艺术品首先满足一种情绪性的要求:表达或者引起公开性的不满。

在达达主义者那里,艺术品由一个充满魅力的视觉现象,或者震慑人心的音乐作品,变成了一枚射出的子弹。这枚子弹击中了观赏者,获得了一种情绪上的触觉特质。由此,他们更加推进了对电影的需求。同样,电影那分散注意力的特征,首先是一种触觉特征。它是以观照的位置和投射物的相互交替为基础的,这些投射物以集群的方式狂热地冲向了观赏者。人们可以把放映电影的幕布,与绘画驻足于其中的画布进行一下比较,后者使观赏者凝神观看。面对着画布,观赏者就沉浸于他的联想活动中;而面对电影银幕,观赏者却无法沉浸于他的联想和想象。观赏者很难对电影画面进行凝神思索,当他意欲进行这种思索时,银幕画面早已经变幻了。电影银幕的画面无法被定格住。因此,杜哈梅就对电影艺术坚持怀有敌视态度。他丝毫未理解电影的意义,但对电影的结构却有所阐述。对电影的特点,他论述如下:"我无法再去思考我能思考些什么,活动的画面已填满了我的头脑,我的全部思想。"

实际上,观赏这些画面的人,意欲进行的联想活动会很快就被这些画面的变动打乱了。但也正因为这样,在观赏过程中,就产生了电影的惊颤效果。这种效果像所有惊颤效果一样,也都得由观众被升华的从容感来体味。电影则凭借它的技巧和结构,获

101

得了这种至今仍似乎被达达主义者包装于道德优越感中的官能性惊颤效果。同时,它也的确让欣赏电影的行为,从传统的凝视的束缚中被解放了出来。

十五

大众是促成一切的新母体,他们改变现今面对艺术作品的惯常态度,并让这些态度获得了新生。这是一个典型的从量变到质变的过程:极其广泛的大众的参与,就会引起参与方式的变化。这种参与首先以声名狼藉的形态出现,有关这一点,不应该把那些特定的观赏者弄迷糊。可是,这里某些人恰恰是极度热衷于事物的那些表面现象。在这些人中,杜哈梅就以最极端的方式表达了他的见解。他对电影首先加以指责的是,电影在大众那里所引起的参与方式。他称电影是受压迫的人们一种打发无聊时间的活动,是没有教养的、深受痛苦折磨的社会下层人士,经过极端疲惫的工作劳动之后所进行的一种消遣活动。他认为电影是一种蹩脚的戏剧,丝毫也不需要观赏者去专心致志地看,并不以思维能力为前提条件。而且,它也没有点燃人心灵的火焰,而只能引起那些可笑而荒唐的希冀:某一天,在洛杉矶也成为一个"明星"。我们可以看到,这在根本上属于一种最古老的指责:大众寻求着消遣,而艺术却要求接受者凝神专注。这种指责,纯属陈词滥调。剩下的问题是,这种指责是否阐发了一种研究电影的新视角——这里,却非常值得作深入的考察。消遣放松和凝神专注,作为两种对立的态度可表述如下:面对艺术作品而凝神专注的人,沉入到了该作品中。他进入到这幅作品中,就像传说中一位中国画家在注视自己的杰作时一样①。与此相反,进行消遣娱乐的大众,则超然于艺术品而沉浸在自我中。这一点在建筑艺术中表现得最为明显。自古以来,建筑艺术就提供着一种艺术品的典范,对建筑艺术品的接受,就是以消遣观赏的方式进行并通过集体方式完成的。它的法则就是最富有教益的法则。

自从人类诞生以来,建筑物就一直陪伴着人类。而许多艺术形式在人类历史长河中却都是昙花一现、转瞬即逝的。悲剧艺术随希腊人产生,但同时又随着希腊人的消亡而消亡。几百年后,只是依照它流传下来的一些艺术"准则"才得以"复兴"。史诗,产生于各民族文化的鼎盛时期。在欧洲,各国的史诗艺术都伴随着文艺复兴时代的终止而消亡。木版画,是典型的中世纪产物。但是随着印刷术的发展,它也同样逃脱不了在历史中销声匿迹的命运。可是,人类对居室的需求却是永恒的。建筑艺术从没有被搁置过。它的历史,比任何一种艺术的历史都要长久。它展现自身的方式,对任何一种大众与艺术品的关系是对立的这一观念进行探讨的尝试,都是非常有意义的。建筑物以双重方式被接受:通过使用它和对它进行感知。或者更确切些说:通过触觉和视觉的方式去接受它。如果人们根据旅游者面对著名建筑物常常所作的凝神专注去构想这种接受,那就无法去把握这种接受。触觉上与视觉上的凝神专注,绝对不是完全对立的。触觉方面的接受,不是以聚精会神的方式发生,而是以熟悉的、悠闲的、娱乐的方式发生着。面对建筑艺术品,后者甚至进一步限制了视觉方面的接受。这种视觉方面的接受,很少存在于一种紧张的专注中,而是

---

① 译者注:这里本雅明大概引用了来自《聊斋志异》的典故,讲一位书生画家太关注自己的画,并能够走进自己的画中去。

存在于一种轻松悠然的随意性观赏中。这种对建筑艺术的欣赏态度,对于各门类艺术都具有着典范意义,因为在历史大转折时期,人类感知机制面临困境,它越来越依赖纯粹的视觉方式,因此以单纯的沉思方式是根本无法完成的。它渐渐地根据触觉接受的引导,即通过适应去完成。

然而,在现代艺术中,心不在焉者也是能够去适应的。更有甚者:某些任务就因此能在消遣娱乐中去完成,才表明完成这些任务对某个人来说已成了习惯。通过艺术所提供的消遣娱乐,人们可轻易检验属于触觉系统的新任务,在怎样的范围内能完成。此外,由于对每个人来说,存在着一种逃避这些认知任务的诱惑。因此,艺术在唤起大众的地方,触及到了那些最艰难和最重要的任务。目前,电影便展现了这一点。娱乐性的接受,随着日益在所有艺术领域中得到推崇而引人注目。而且,它的广泛扩张,成了人类知觉已发生深刻变化的迹象。这种娱乐性的接受,借助电影这门新兴艺术获得了一种特有的实验工具。电影在它的惊颤效果中,迎合了这种娱乐性的接受方式。电影抑制了艺术品的崇拜价值,这不仅是由于它使观众采取了一种鉴赏态度,而且还由于这种鉴赏态度在电影院中并不包括凝神专注。观众成了一位主考官,但这是一位心不在焉的主考官。

尾 声

现代人日益增长的物质需要,是显而易见的。人们的无产阶级化和大众联合是同一个事件的两个方面。法西斯主义试图去组织并占有新近产生的无产阶级大众,而不去触及他们要求消灭的资本主义所有制关系。法西斯主义把大众获得表达(绝不是获得他们的权力)的权力,视为其权力扩张的福祉。大众具有着改变所有制关系的权力;而法西斯主义则试图在对所有制关系的维护中对此作出反应。法西斯主义一贯地使政治生活审美化。法西斯主义使对领袖伏地叩拜的大众所遭受的压制,与为法西斯主义创造崇拜价值服务的机器所遭受的压制是相一致的。

为使政治审美化所作的一切努力,在一件事上已经达到了顶峰,那就是战争。战争,且唯有战争,才可能在维护传统所有制关系下赋予最伟大的群众运动以一种超乎寻常的目标。因此,这个事实由政治出发就得到了说明。从技术角度看,这个事实就得到了如下表述:只有战争,才能在维护所有制关系中达成当下动员的整个技术手段。显而易见的是,法西斯主义对战争的神化,目前还没有充分利用这点。尽管如此,看到这些论据还是很有意义的。马里内蒂[①]在《埃塞俄比亚殖民战争宣言》中说道:"二十七年来,我们未来主义者反对任何人把战争描述为反审美的东西……因此,我们坚信不疑:那就是,战争是美的,因为它借助防毒面具、引起恐怖的扩音器、喷火器和各种型号的坦克,建起了人对所控制的机器的操纵。战争是美的,因为它实现了人们的梦寐以求,使人类躯体带上了金属的光泽。战争是美的,因为它使机关枪火焰周围充实了一片茂密的草地。战争是美的,因为它把步枪的射击、密集的炮火和炮火间歇,以及芬芳的香味和腐烂的气味组合

[①] 译者注:马里内蒂(Filippo Tommaso Marinetti,1876—1944),意大利诗人、文艺批评家,1909年在法国《费加罗报》发表了《未来主义的创立和宣言》,宣告了未来主义的诞生,是未来主义的极右翼代表。第一次世界大战期间,马里内蒂是战争的鼓吹者和参加者。1914年发表《未来主义与法西斯主义》,宣传未来主义同法西斯主义的亲缘关系。从1919年起,他积极参与法西斯党的活动,成为墨索里尼的帮凶。1944年病死。如何看待马里内蒂的狂热主张,在二战结束后一直是艺术界的一个争议。

成了一首交响曲。战争是美的，因为它创造了新建筑风格，例如，它创造了大型坦克堡垒那种坚固的建筑风格，呈几何形状飞行的飞行编队，以及与之相对应的建筑风格，以及来自燃烧着的村庄的烟气螺纹形，与之类似的建筑风格和其他许许多多风格，未来主义的诗人和艺术家们……回想这些战争美学的原则吧，你们探寻新诗和新雕塑的努力……都让战争美学的原则来为你们提供答案！"

这个宣言的优点是明确，毫无掩饰。它所提出的问题，应该为讲求辩证法的人所接受。现代战争美学在宣言中表现如下：假如对生产力的自然运用被所有制秩序遏制，那么，技术代用品、速度、能源的提高，就指向了非自然的运用。这个非自然的运用，在战争中得到了充分的提高。战争用它的摧毁一切的力量表明，社会并没有充分成熟到使技术仅成为它的手段；而技术也没有充分地把握社会方面的自然力。帝国主义战争在其最恐怖的特征中是由强大的生产手段与其在生产过程中的未充分运用这个矛盾决定的（换言之，是由失业和销售市场的缺乏决定的）。帝国主义战争是技术所发动的一次起义，技术在"人力资源"方面提出要求，社会从这些要求处抽取其自然资源。技术并没有疏浚人流，而是把人流引向了战壕；技术并没有从其飞机中播种，而是向城镇抛掷了燃烧弹，技术在毒气战争中发现了一个用新方式消灭光晕的手段。

"崇尚艺术——摧毁世界。"法西斯主义者们大声叫嚣道。他们十分狂热，像马里内蒂所承认的那样，从战争中期待那种由技术改变之意义所感受到的艺术满足。显然，这是为艺术而艺术所达到的完美境界。从前，在荷马那里属于奥林匹克终身欣赏对象的人类,现在成了为自己本身而存在的人,他的自我异化达到了这样的地步,以致人们把自我否定作为第一流的审美享受去体验。法西斯主义谋求政治的审美化就是如此,而共产主义则用艺术的政治化,对法西斯主义的做法作出了针锋相对的反应。

讲故事的人
　　——关于尼古拉·列斯科夫作品的随想

一

　　虽然"讲故事的人"这一名称，我们也许都很熟悉。但如今，我们很少能在身边看到这样的人了。在当下，讲故事的人，已变成了一种与我们日渐疏远的存在，而且与我们的生活越走越远。把尼古拉·列斯科夫（Leskov）这样的人称为讲故事的人，并不意味着使他更接近我们。相反，却不断增大了我们和他的距离。远远地来看待，要想勾画出"讲故事的人"的特性，勾画他们那宏大、简明的轮廓，可以醒目地从列斯科夫身上看出这一切，且显得非常典型和清晰。正好像于一定的距离或者是换一个角度去看，我们可以明晰地从一面岩层中看出人头和动物化石的身躯。这种恰好的距离与视角，是由我们几乎每天每时都会感到的一个经验所决定。这经验告诉我们，讲故事的艺术行将消亡。我们要遇见一个能够地地道道地讲好一个故事的人，机会越来越少。若有人表示愿意听听谁要讲故事，十之八九会弄得四座尴尬。似乎一种原本对我们不可或缺的东西,某种我们最放心的财产从我们身上给夺走了——这一宝贵的财产,就是交流经验的能力。

这种现象的一个原因很明显:经验已然贬值了。而且,目前看来,经验似乎在继续下跌,朝着一个无底洞迅速滑落。我们只要稍稍浏览一下报纸,就表明经验已跌至新的低谷。一夜之间,不仅我们对外在世界的景象以及精神世界的图景,都经历了原先不可思议的巨变。随着第一次世界大战一种现象愈发显著,至今未有停顿之势。战后将士们从战场回归,个个变得沉默寡言,不愿意再多谈什么了——可交流的经验不是更丰富而是更匮乏,这不是显而易见的吗?十年之后描写战争的书籍像潮涌般倾泻出来,但表达的却绝不是口口相传的经验。这一点,毫不足怪。因为经验从未像现在这样惨遭挫败:战略性的经验为战术性的战斗所取代,经济经验为通货膨胀代替,身体的经验遭遇到现代化机械战争的挑战,个人的道德经验被当权者操纵。乘坐马拉车上学的一代人,如今站在乡村辽阔空旷的天空下,头顶上苍茫的天空已经变幻莫测,唯独白云依旧。而站立在白云之下,在天翻地覆的毁灭潮流中跌宕起伏的,是那渺小、孱弱的人的躯体。

二

人们口口相传的经验,是所有讲故事者都从中汲取灵感的源泉。那些把故事书写下来的人当中,只有非常优秀的人,才能使书写出来的作品贴近众多无名的讲故事人的口语。顺便要说一句,那些无名时代讲故事的人有两类。这两类人肯定有身份重叠的。只有你能够在脑子里去想象出这两种类型的人,那么,"讲故事的人"这一概念才会变得血肉丰满。

有一则德国俗谚说:"远行之人必有故事。"人们很自然地会把讲故事的人想象成从远方异乡的来客。不过,他们对待在家乡却见识广博的人的故事同样乐于倾听——倘若安居在一个地方的某一个人,他兢兢业业地在本地谋生,却熟知熟记本乡本土所流传下来的历史掌故和传统,那么,他的讲述同样受人欢迎。若用一个典型的形象来描述这两类人,前者(即异乡的远方来客)是指那些航海经商的水手们,后一种人(即安居本乡的人)则是在农田上安然耕种的老农夫。实际上,我们可以说这一点,其实我们每个人的生活圈子里,都会有自己的善于讲故事的人。这些人群,在经历了几世纪之后,仍保持他们共同的特点。十九世纪德国的讲故事的人当中,像赫伯特和哥特赫夫这样的作家,就出自于第一种人群。像西斯菲尔德和哥斯代克这样的作家,则来自第二种人群。但正如前文所说的,这样的分类只不过是一个大致轮廓上的分类,而这两种类型的讲故事的人的身份还相互渗透和交融。不过,讲故事的疆域,在历史空间中所占的领域到底有多大,则是我们无可想象的。这种互渗交融在中世纪的工商结构中尤为显著,安居本土的工匠师和漂游四方的匠人在同一屋顶下合作。而每个师傅在本乡镇安家落户之前,也都当过浪迹四方的工匠。

如果说农夫和水手是过去时代讲述故事的大师,那么如今的工匠阶级就是讲故事的大学者。在现在,漂泊云游的人们从远方带回的域外奇谈,与本乡人最熟悉的地方掌故传闻融合成一体。

三

列斯科夫对遥远的地方和悠久的年代都有极丰富的感觉。

他是希腊的东正教会①会员,由衷地信仰基督教,但他也由衷地反对天主教会的官僚体制。由于他同样不能在世俗的官僚机构里供职,所以,他所任的现实官职都不算长久。所有任职中,他作为一家庞大的英国商行的俄国代办任期最长,大概对他的写作最有益。为了这家公司的业务,他跑遍了俄罗斯各地。这些长途的旅行,使他更深谙世事,也增加了他对俄国状况的知识。他因此有机会熟悉国内各教派的体制结构。这些所获,在他的小说作品中留下深深的印记。就是在俄罗斯各地的传说故事中,列斯科夫发现了对抗正教官僚体制的精神战友。他有一部分记录传说的故事,着重刻画正直的人。这人物很少是那种禁欲主义者,通常单纯而活跃,似乎以世上最自然的方式超凡入圣。然而,讲述神秘的传奇故事,并不是列斯科夫所擅长的。尽管他有时会描写很多的奇迹,不过,即使是在对信仰最虔诚的时刻,他还是愿意恪守自然、客观的写作个性。在精于世道然而又不为世俗所羁绊的人中,他找到了自己所欲描写的典型形象。

在打理自己的日常事务方面,他也表现了相应的态度,即虽不以为然,但还会认真做好每一件事情。与他这样的个性相符合的情况是,他开始自己的写作较晚,是在他为自己奠定了很好的生活基础之后,那年他已二十九岁。那是在他的一次漫长的商务旅行之后。他第一部印行的著作题为《为什么在基辅书籍如此昂贵?》。写小说之前,他写了一些关于劳工阶级、酗酒者、警医和失业推销员的故事篇目。

---

① 译者注:东正教,基督教早期原教旨主义的宗教,流传于原东罗马帝国疆域的南欧和俄罗斯。

四

　　偏从于实用的兴趣,是许多天生就成为讲故事的人的重要特征。这个特点在哥特赫夫那儿,比在列斯科夫那儿更为显著。例如,哥特赫夫可以在自己的小说作品中,为农民详细地列举农艺学知识与指导。这一特点在作家诺迪亚那里也有出现,他不厌其烦地为人们讲述如何去避免煤油灯引发的火灾。而赫伯则在他的作品《小宝贝盒》里,给读者一点一滴地灌输各种科学知识。他们的方式,都是这个路子。所有这一切,点明了在他们看来的任何一个真正故事的性质,那就是一个故事必须或明或暗地蕴含某些实用的东西。这些实用的东西,有时可以是一个道德教训,还有就是一些实实在在的生活知识,再一种则以谚语或格言呈现。无论哪种情形,讲故事的人,都是一个对读者有所指教的老师。如果说"教育读者"在今天听起来似乎有些迂腐并且与潮流格格不入,那是因为我们各自可交流的经验日渐贫乏,结果是我们对己对人都实在没啥可多说的。归根结底来说,"说教读者"这种行为与其说引发读者对一个问题的回答,不如说是寻求读者对一个刚刚展开的故事如何继续演绎的建议。要想真正地对读者加以"说教",得先会讲好一个故事(这里不用说,一个人只有在讲述他自己都感到有趣的境况时,才会让听众有兴趣去聆听他的指教),编织进实际生活的教诲就是智慧。讲故事的艺术行将消亡,因为智慧——从"真理"的史诗性角度来看——正在走向衰亡和灭绝。然而,这种情形已经持续了很久。我们将之命名为"文化颓败的症候"是再愚蠢不过的了,更不用说视其为"现代性的"病症。这种现象,是时代的现实生产力的并发症。这症状是因为,生产力发展进步，逐渐把叙述艺术从活生生的口语领域剥离出来，成为了一门封闭的技术，与此同时，又造成了在传统消亡的过程中呈现昙花一现之美的可能性。

五

长篇小说在现代初期的兴起，是讲故事艺术走向衰弱的第一个征兆。长篇小说艺术与讲故事艺术的区别（在更窄的意义上，与传统史诗的区别）在于它对书本的依赖。长篇小说的广泛传播，只有在印刷术发明后才有可能实现。而传统史诗的价值所系，是因为那是可以口口相传的艺术，与构成长篇小说基本内容的材料，在属性上截然不相同。传统的散文体裁艺术，有神话、传说，甚至中篇故事。长篇小说与所有这些文体的差异在于，它既不来自口语，也不参与其中。这使长篇小说与讲故事尤其不同。讲故事的人取材于自己亲历或道听途说的经验，然后把这种经验转化为听故事的人们的经验，讲故事存在于人与人的交流当中。长篇小说的作家们则闭关独处，埋头写作他们的作品，也就是长篇小说艺术诞生于那些离群索居的艺术家。这样的写作者，已不能通过展示自身最深切的关怀来表达自己。他们也无心于追寻说教，对读者也没有什么"教育引导"的愿望。写小说，意味着在人生的历程里，把那些属于个人经验的不可言说和交流的方面，以一种极致化的方式表达了出来。在生活的枯燥当中却要呈现出生活的繁盛与丰沛，长篇小说显示了生命深刻的困惑。这种困惑与说教无关，甚至连长篇小说体裁当中第一流伟大的经典作品都表明，即使是英雄人物，如堂·吉诃德，其精神之伟岸，其勇气和侠义助人，都丝毫不具备教诲别人的目的，更不会让人觉得他身上流淌着智慧的光辉。如果说几世纪来,很多长篇小说家没有意识到这一点,还极力在作品中植入说教的东西,如《威廉·迈斯特的漫游记》这样的作品,便是一个成功的例子。那么,这些企图说教的目的,最终总是修改了长篇小说的形式,使得它们变成了另一种二流的故事。与此同时,描写人物成长历程的"成长小说",其实质一点也不偏离现代长篇小说的基本规则框架。它将社会历史生活的变迁进程,与个人生命的发展融为一体。这种貌似故事式的娓娓道来,并不能冲击长篇小说固有的形式秩序。它的叙事所提供的合理性,与现实截然相反,特别在成长小说里,它的故事并不旨在宣教,而实际是意在烘托出生命中种种的不圆满和残缺不全。

六

我们必须把传统史诗形式改变的节奏,想象成如同在地球表层几个巨大的世纪里渐渐发生的沧海桑田。几乎没有另一种人类的交流方式,比传统史诗的形成和消亡的历程更加缓慢的了。现代长篇小说的端倪可见于古典时代,但仅仅数百年,它就遭遇了上升的中产阶级的支持。他们有一系列让长篇小说繁荣发达的因素,比如对大量阅读的追求。随着这些因素的出现,讲故事的艺术开始逐渐隐退并被封存。虽然讲故事的艺术或多或少也在采纳时代的新素材,但故事并不真正为那些素材所决定。另一方面,我们看到,随着中产阶级充分掌握社会的实权,他们掌握了资本主义时代高度发达的出版业,并把它作为最重要的工具之一。不过,随着这一产业更深入的发展,一种新的交流方式应运而生。不论这种交流方式源头有多么的悠久,这种交流在过去从未真正影响过传统史诗流传的形态。然而现在,它却施加这种影响。结果,它以陌路人的身份与讲故事的艺术狭路相逢,其效果并不比长篇小说差。但是,它对一切传统的威胁更大,甚至都能给长篇小说带来严重的危机。这种崭新的交流方式,就是新闻消息。

《费加罗报》①的创始人维耶梅桑先生,曾用这样一个有名的表述形容消息的性质:"对于我的读者而言,身边拉丁区一个顶楼的火灾要比马德里闹革命更重要。"显而易见的是,人们最喜闻乐见的故事,不是来自远方的报道,而是能充分了解近邻情况的消息。从远方传来的新闻报道和消息,无论空间上来自国外还是时间上源于传统,都有赋予自身合法性的威信,仿佛这些信息不经核实考证也天然是可信的。然而,报道近处的新闻消息则声称立即可以确证属实。最基本的条件,是"不辨自明"②的。新闻消息通常并不比先前世纪的故事报告,更为准确。但早期的传说故事总是借助于奇迹吸引人,而新闻消息则一定要听来合情合理不可。由于这点,新闻消息传播与讲故事的精神是相互背离的。如果说要追寻讲故事的艺术日渐凋敝的原因,新闻消息的广泛播扬是这种状况的罪魁祸首。

每天早晨,各大广播电台都会把全球的新闻带给我们。但我们只知道那一些事情,却很少注意其背后的故事。这是因为任何事件传到我们耳边时,都早被解释得十分清晰。换言之,现在的消息传播几乎没有任何有助于讲故事的艺术的方面。差不多现代技术的一切,都在促进新闻消息的传播。而事实上,讲故事的

---

① 译者注:法语名 Le Figaro,是当时法国发行量最大,影响力最大的一份日报。
② 译者注:这是作者引用了《人权宣言》里的句子典故。

艺术一大半的奥妙,正在于讲述故事避免说得十分清楚。列斯科夫擅长于此道(我们可以比较《骗局》和《白鹰》这两部作品),他能非常准确地讲述最稀奇古怪、最神奇的事件,但不把事件在心理上的因果联系强加于读者。作品由读者以自己的方式加以理解,仁者见仁,智者见智。由此,故事的叙述赢得了新闻消息所欠缺的丰满与充实。

七

列斯科夫有此番叙事的本领,完全因为他扎根于传统与古典。古希腊第一个能讲故事的人是希罗多德①。他的作品《历史》的第三卷第十四章,有一则讲述波曼尼特斯的故事,能给我们不少启发:

埃及国王波曼尼特斯与波斯国王坎比希斯作战,兵败后被坎比希斯俘虏了。坎比希斯有意要羞辱他的俘虏埃及国王一番,于是,下令把波曼尼特斯的囚车放到大道旁,让他亲眼看着波斯的军队凯旋。此外,他还刻意安排埃及国王观看其女儿沦为波斯人的女奴,走向井边以水壶取水。就在这种情况下,与国王一起被俘虏的埃及人,不堪目睹这样的惨状,都垂头丧气、长吁短叹。唯独老国王波曼尼特斯静静地站着一言不发,如一尊雕像一般面无表情,两眼紧盯着地面发呆。过了一会,坎比希斯见他这般无动于衷,便令人把波曼尼特斯的儿子拉出去砍头示众。波曼尼特斯眼睁睁看着自己的儿子随着自己被俘虏的军人一起,排成了一列

---

① 译者注:希罗多德,古希腊历史学家,公元前484年诞生于小亚细亚的哈利卡纳苏斯城,公元前425年去世。希罗多德从小学习勤奋,酷爱史诗,后成为古希腊的作家。他把旅行中的所闻所见,以及第一波斯帝国的历史记录下来,著成《历史》一书,成为西方文学史上第一部完整流传下来的散文作品。

长队被拉去行刑,可依然是不动声色。可是,当他在俘虏的队伍里认出一个从小到大一直跟随着他的一个又老又贫的老仆人时,他竟然忍不住了,重重地拳击脑门,哀伤到了极致。

从这个故事中,我们可充分看出讲故事的真谛。与故事的丰富性相比,新闻消息的价值如昙花一现,荡然无存。新闻消息只在那一瞬间存活,必须完全依附于那一瞬间,全力以赴地全面展示自己。而故事则不同,故事从不通过一段叙事耗散掉自己。故事始终保持着并凝聚着其中充沛的活力,即便是时过境迁,这些活力依然能够发挥其巨大的潜力。因而蒙田①在写作中,忍不住提起这位埃及国王时,便不由自主地自问,为什么那位埃及国王一直都能保持克制与冷漠,唯独见到他的老仆人时才忍不住悲痛垂泪。蒙田的回答是:"那是因为他有满腔悲痛,一直在克制着,只有到了最后的关头,因为一个最普通的理由才会悲痛全露。"当然,这只是蒙田个人的理解。但我们也可以这样去理解,埃及国王波曼尼特斯是不为有贵族血统的人的遭遇所动的,因为那也是他本身的厄运。在他看来,虽然不幸,但亦是身为战败者应该去领受的②。而在埃及国王的眼里,他的老仆人则是一个外人,一个真正意义上不幸的蒙受者。在看到他之时,波曼尼特斯心中的剧痛储备得已经非常充沛,正借由感叹老仆人的不幸而情绪松弛,全面爆发。或者,这正如同是许多在实际生活中,我们并不为所

---

① 译者注:蒙田,法文名 Montaigne,又译作蒙台涅,是法国文艺复兴后期人文主义思想家,主要作品有《蒙田随笔全集》,生于1533年。他是启蒙运动以前法国的一位知识权威和批评家,是一位人类感情的冷峻的观察家,亦是对各民族文化,特别是西方文化进行冷静研究的学者。

② 译者注:意即,此种命运在战前,他已获知,胜则波斯人为房受辱,败则埃及人为房受辱,谁叫自己无能吃了败仗。

动的事,一旦搬上戏台,我们看了便为之触动①。

然而,对于这一切,希罗多德并不提供解释。他只是负责记录、讲述,而且讲述得极其平实干涩,但同时又非常丰富准确。这就是何以这古埃及故事数千年之后,仍会令人诧异,令人深思,反复咀嚼。犹如一粒在金字塔内无气无息秘密掩埋的谷物种子,历经了数千年的封存,仍能够保持生根发芽的潜力。

八

要想使得一个故事能深深地嵌入接受者的记忆中,最好的办法莫过于,摈弃那种细致的心理分析,做到简洁凝练。一个讲故事的人,越是自然而然地放弃心理层面的剖微析幽,故事就越能充分占据听者的记忆,越能充分与听者的经验融为一体。这样一来,听者也就越是愿意日后某时向别人重述这故事。

这个融合的过程,在听者意识的深层发生,要求他有松散无虑的精神状况。而对于现代人,这种悠然放松的状态越来越罕见。如果安然的睡眠是肢体松弛的最好状态,那么,百无聊赖则是一个人精神松懈的巅峰。那种百无聊赖是孵化经验之卵的梦幻之鸟。枝叶之间的惊扰之声,会很快把它吓跑了。故事的巢穴,是与百无聊赖密切相关的无所事事。不过,这在现代大都市已然绝迹,且在乡村里,也日趋衰竭。随之而来的是,静心恭听一个故事的禀赋越来越少,听众的群体日渐失散。因为讲故事总是重述一个故事的艺术,当故事不被保留,这一艺术也就丧失了。它之所以丧失,原因是听故事时,人们不再罗织细节,喜欢往其中

---

① 译者注:本雅明对这段故事的解释,可以在白居易长诗《琵琶行》中得以印证。诗人对自己身世遭遇的感慨好似很从容,却忍不住借助于琵琶女而爆发。

附加林林总总的个人经验。听者越是能通过故事来呈现自己,那么故事的内容,就越能深深地在记忆上打下印记。故事的韵律牢牢地抓住了他,听着听着,想要重复去讲述这个故事的冲动,才会自动化为他自身的禀赋。这就是讲故事的艺术得以不断繁衍、发展的人们的情感脉络。这也就是之所以当今之世,这一情感脉络,通过最古老的方式编织了数千年之后,已经开始分崩离析的现状。

九

讲述一个故事,很长时期内,是在劳动的环境中不断繁荣的,如农事、航海和城乡建设的工作中。可以说,它本身是一种具有工艺况味的交流形式。讲故事不像新闻消息和报道一样,着眼于传达一个事情的核心部分。它把世态人情,沉浸于讲故事的人的生活当中,以求把这些内容通过他的讲述,从他的身上释放出来。因此,讲故事的人的踪迹总是出现在故事当中,这就好像是制造陶器的工匠将手印遗留在了陶土器皿上。只要讲故事人不把故事当作自己的亲身经历,他们常常在一开始便陈述,他们怎样在某种情境中,得知怎样的一个故事原委和过程。如列斯科夫在《骗局》中,一开头便绘声绘色地描述自己在乘火车旅行,认真地声称,是从一位旅客那里听来就要讲述的事件。或者,他说,自己想起一次,去参加陀思妥耶夫斯基的葬礼,说就是在那里,遇见他的故事《关于克罗采奏鸣曲》中的女主角。在《有趣的人们》这部作品中,他描绘了一个读书人的圈子,因为他混迹其中,所以,我们才能听到他讲述下面的种种故事。这样一来,他的来去行踪,就不断在故事叙述中出没,要么作为某人的亲身经历,要不就是听人传说的二手故事。

　　这是一种传统的工艺式的态度。这种讲故事的方式,列斯科夫本人也视为一种工艺。"写作,"他在自己的一封信中,如是说道,"对我不是人文艺术,而是一门手艺。"因此,他觉得自己与工匠艺人很有关系,将现代工业技术视为陌路,这毫不足怪。托尔斯泰对此一定深有同感,他评论列斯科夫讲故事的技术一针见血。他称列斯科夫为"第一个指出现代经济发展弊端的人"。"奇怪的是陀思妥耶夫斯基读者甚广,而列斯科夫却鲜为人知……这简直令人费解。他是一个讲真话的作家。"

　　列斯科夫精彩而令人兴奋的故事是《铁跳蚤》,它介乎传奇和闹剧之间。在这篇故事中,他通过对图勒镇铁匠的描写,颂扬了俄罗斯本土的手工业工艺。这位铁匠的杰作,是制造一种很小却很精致的铁跳蚤。他因此得到了彼得大帝的赏识,使皇帝相信这一点,俄国人不必因技术水平低下而在英国人面前感到愧疚。

　　讲故事的人有赖于传统手工艺文化的精神图像,这点由法国诗人保罗·瓦雷里勾画得最为意味深长。他曾经谈到过自然界中外形最为完美的各种事物——莹润美满的珍珠,美味醇厚的葡萄酒,肢体丰满的动物,称这些为"相似的因果长链所生产出的珍贵产品"。这种因果的不断累积,在时间上永无终日,仅止于尽善尽美。瓦雷里接着说,人们从前还模仿自然缓慢进程,努力去制造精雕细刻来,达到完美状态的小工艺品,如象牙微雕,光润圆滑、造型精美的宝石,由透明薄片叠加而成的漆器漆画等等——所有的这些精雕细琢、献祭品一般的工艺产品正在消失。时间毫无价值的时代,已经一去不复返。现代人很繁忙,已经不能再从事无法精简压缩的工作了。

事实上，现代人甚至把讲故事也成功地裁剪微缩了。"短篇小说"这个文学体裁的发展，就是我们的见证。短篇小说从口头叙述传统中剥离出来，不再容许精雕细琢的工艺层层叠加。而正是这个缓慢的叠加过程，最恰当地描绘了经由不断的重述从而揭示出的完美的叙事作品。

十

瓦雷里的结语，似乎道出了永恒观念的衰微与人们对悠然自在劳作的厌恶之间的必然联系。永恒的观念，总以死亡为其最旺盛的源泉。"如果我们如此假定永恒观念的衰落，那么与之相应的，死亡的面目也一定完全地改变了。结果是，它的这一改变，是以遏制经验交流一同变化的，与讲故事艺术的衰落几乎是同时进行的。"

我们可以觉察到，几个世纪以来，在人们的整体意识里，死亡的观念不再像过去一样无所不在，那么生动逼真。这一衰落过程，越靠近现在，越显得鲜明。在整个十九世纪里，资产阶级社会通过公共卫生管理，社会的、私有的保障制度，以及疾病控制和死者处理制度造成了一个显而易见的效果。而这效果可能就是潜意识中的主要初衷：使人们避讳死亡，并把死亡从日常中驱赶出去。死亡曾是个人生活经历的社会过程中，最富典型意义的一件事情。遥想中世纪的绘画，死神的座位升为王座，人们穿过死神宫殿敞开之门，前去敬吊死者。在现代社会，死亡越来越远地从活着的人们的视界当中被推移开。过去，没有一户人家，没有一个房间不曾死过人（中世纪对死亡有空间感，将伊比利亚日暮上的铭文《众生末日》，视为时代精神）。当今的时代，人们仿佛居住在一个从未被永恒的无情居民——死亡——问津过的房屋里。他们在临终之时,就会被儿孙们偷偷送到疗养院或医院里去,在那里走向死亡,远离活人的日常领域。然而,最富有意味的是,一个人毕生的知识和智慧很多,但最为重要的,是他最真实的人生经历——那是关于他的故事赖以编织的材料。只有在临终时,他才会慢慢全部讲述出来,并首次全面变成一种可传承的形式。恰如人在弥留之际,会将其生平的意象在心中不断地展示出来,从而认清楚自己种种的遭遇,并认识到一直没有能够深深认识的自我。同样,在临终之人的表情和面容上,那些难以忘怀,或者终生牵挂的事情会一点一滴地浮现出来。它赋予了他的一生以一种肃穆之感,权威、真实、可信,连最悲惨、贫穷和败落的死者也不会例外。这种肃穆感,便是故事的最终源头,它所讲述的故事,人们不由地不信。

十一

陈述"死亡",是讲故事的人得以诉说世间万物历程的许可证。讲故事的人可以从死亡那里借得最大的权威。换言之,他的故事好似表达了一个纯自然状态的历史。无可比拟的约翰·彼德·赫伯的一个非常优美的故事,表达了这一历史状态,堪称是某种典范。这个故事载于《莱茵家庭趣事杂志》,原题为"不期之合"。故事的开篇讲一个在费伦工作的矿工,他在积极筹办自己的订婚典礼。然而,没想到的是,在婚礼前夕,他在矿道里遭遇了矿难,不幸死了。在他死后,他的新娘因为对爱的忠贞不渝,经年累月地等待着他,心中无时无刻不期待和他再见一面。就这样,慢慢地她凋零成一个佝偻的老妇人。终于有一天,一具尸首被人

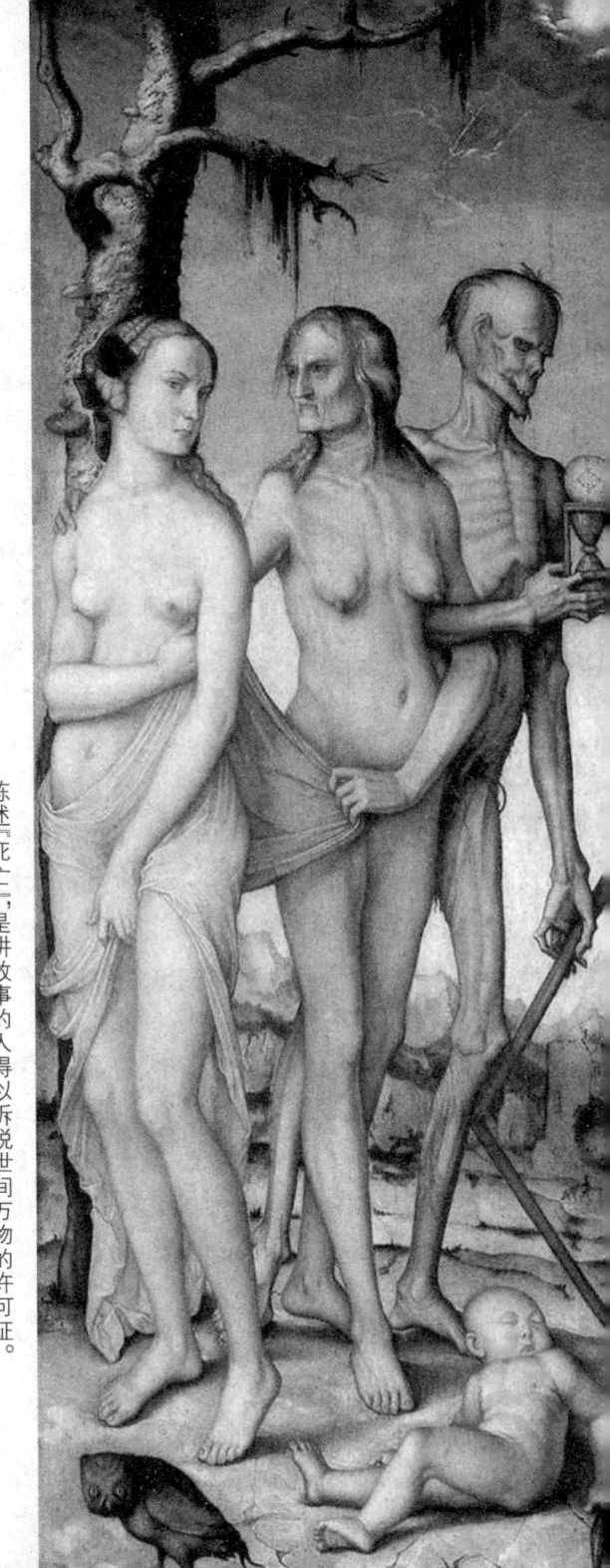

陈述「死亡」，是讲故事的人得以诉说世间万物的许可证。

们从废弃的矿井中拖了出来。因为这具尸体浸泡在矿井的铁硫酸液体里,所以仍完好无损,面目如初。老妇人一下子认出了这是她的未婚夫。在欣喜地相逢之后,她也很快被死神召去。

赫伯在讲述这个故事时,考虑到有必要让人们对那个新娘等待的长久岁月有更加醒目的印象。于是,他这样写道:"在她等待的期间,里斯本被大地震摧毁了,英法之间的七年战争又复于和平,佛朗西斯一世驾崩,耶稣教会被废除,波兰被瓜分,匈牙利的玛利亚·特丽莎女王仙逝,农民起义军领袖斯楚恩希被判处死刑。美国赢得独立,法国西班牙联盟夺取直布罗陀海峡受挫,土耳其人把斯坦恩元帅关押在匈牙利的维特拉那洞穴,奥匈帝国的约瑟夫皇帝也去世了。瑞典的古斯塔夫国王征服了隶属俄国的芬兰,法国大革命爆发并开始连绵战事,教皇利奥普二世也进了坟墓。拿破仑发动战争夺取了俄国,英军袭击了丹麦的哥本哈根。与此同时,所有的农民一直在播种收获,所有的磨坊主的石碾一直在磨谷物,所有的铁匠一直在敲打铁砧,所有的矿工一直在地下坑道挖掘矿藏。但到了1809年,当费伦的矿工们再一次挖掘塌方的矿井,他们看到了一具困在其中几十年的尸体……"

从未有一个讲故事者能像赫伯这样,在这段编年史中那样将其故事深潜于自然流程的历史中去。你应该仔细去品味这样的效果。死亡在其中日复一日地显现,像是拿着镰刀的死神那样,到处在收割,不断地显身在送葬的仪仗队列中,绕着指向正午的教堂时钟从容地行走①。

---

① 译者注:在德国,送葬的仪式在正午举行,送葬的队伍把灵柩送往教堂,让死者在牧师的祝福下升入天堂。

十二

任何对传统史诗的研究，都关注故事的时间形式与历史学的关系。事实上，我们可以进一步提出这样的一个问题：历史学的叙事是否构成所有传统史诗形态的共同基础？如果是这样，那么，历史的叙述之于传统史诗，恰如光谱仪把白光分析出的彩色。无论何种情形，在所有传统史诗的形式中，都表现为纯粹无色所书写的历史之光。其中最为闪耀的，莫过于编年史。在编年史宽泛的谱系里，一个故事的不同讲法也逐渐发生着变化，如一种颜色转换为深浅不同的色调。编年史学家是历史的叙述者。回想前文那一段赫伯富有编年史意味的段落，我们不费气力就可以感觉出历史书写者、历史学家和讲述历史故事的人——即编年史学家之间的差异。历史学家们总要想方设法解释他所描述的事件。无论如何，他都不能仅仅平铺直叙地来描绘事件，他并不认为那就是历史进程应有的模式。但这样的平铺直叙，恰恰又是编年史学家所为，特别被他们认为是一个典范。中世纪的编年史学家，就是今天的历史学家的前身。编年史学家们以一种神圣的、不可理喻的拯救计划，作为其历史故事的基调，一开始就从肩上卸下了论证和解释的担子。在他们那里，解释一个问题被阐述替代，阐述并不关心具体事件最真实的来龙去脉，而更关注这个事件是如何进入到世界那不可理喻的滚滚洪流当中的。

不过，世界的滚滚洪流，无论是根据末日审判的教义，还是根据自然演进的进程，都不会有什么区别。编年史学家们在讲故事的人中留存下来，不过改头换面了而已，变得更加世俗化了。这点在列斯科夫的作品，还有在其他同类作家的作品中，都表现得特别清楚。有宗教倾向的编年史学家和有世俗价值观的讲故事的人,在他的作品中都得以呈现。以至于在部分作品中,读者很难分辨,故事究竟是宗教视角中天地演变的金色织物,还是世俗眼光里人生多姿多彩的网络。

让我们看看列斯科夫所写作的《绿宝石》这一故事。此故事意在把读者引进"一个古老的时代",在那个时代,地球腹中的石头和天空中高悬的众星,仍然在关怀人的命运——不同于今天,天地在自然规律解释下变得很冷漠,万事万物对人们的遭遇都漠然置之。天地间一片静默无声,没有任何与人交流的声音,更听不到对人们的任何指引的声音。那些没有被发现的星体,已没有一个能在占星术中起作用。还有许许多多独特的新发现的石块,都被严格地进行科学测量,称重,检验其密度,判断其属性……"但是,石块不再向我们诉说什么,也不会带给我们什么好处和什么启示。它们跟人类能够交谈的光阴,已经一去不返了。"①

显然,要非常清晰地描述列斯科夫这一故事所形容的当代世界进程,几乎是不可能的。这一进程是受命于宗教的发展,抑或是顺应自然的发展?我们都不可知,唯一能肯定的是,它本质上游离于一切现实历史的范畴之外。列斯科克夫意在告诉我们,人能够让自己与自然和谐相处的时代已终结。席勒称这种世界历史时代为"天真、浪漫、诗意"的时代。讲故事的人一直在坚守对那一时代的传统新年。他的眼光从不离开那古老的日晷——在日晷的指引下,人与百兽一样,簇拥着旧日光阴的流转而行动。在各种各样的情况下,"死亡"有时是这个浩荡队伍的领队。有

---

① 译者注:这里指科学理性意识已经取代了以往万物有灵的古老意识,世界同时也变得冷冰冰的一块,人置身其中,甚感孤独。

时,"死亡"又是一个悲惨的落伍者。

十三

很少有人能够意识到,听者与讲故事者的那种纯真无间的关系,只在于听者有兴趣存留他所听到的那些故事。心无旁骛的听众的首要任务是,使自己尽可能地重述所听到的故事。强大的记忆才是史诗的"真正禀赋",只有凭借着博闻强记,史诗写作才能吸纳事件的进程,并且在事件发生之后,能够抗拒死亡与遗忘。对于列斯科夫虚构的普通人来说,他故事情境中的首领、沙皇,都拥有着百科全书一般的广博记忆,这并不奇怪。普通人会说:"我们的皇帝和他全家确实拥有惊人的记忆。"对古希腊人而言,记忆之神是史诗艺术的缪斯。这顶桂冠使得观察者得以矗立在世界历史中每一个岔道,看清历史的进程。如果记忆保留的记录,如历史学,构成了各种形式的史诗的创作温床(有如宏伟的散文体作品是各类韵文作品的发源地),那么,历史学最古老的形式——史诗,作为一个包容万千的尺度,兼容了故事和小说的各种要素。在几个世纪的漫长进程中,长篇小说从史诗的腹中悄然降临,其源头在于缪斯的史诗意识,即记忆。不过,在小说中与在故事中,缪斯的记忆呈现出迥然不同的形态罢了。

记忆创造了传统故事的链条,使一个事件能代代相传。这就是广义上的史诗艺术中源于缪斯的因素,而且还包括了史诗的种种变形。能够导致这些史诗流传的,是讲故事人的艺术实践。这一实践,开始了一切故事能够得以成行的网络。一个故事连缀着下一个故事,就像那些优秀的、东方的讲故事者一贯表现出来的那样,每一个故事中都有一个谢荷拉查德①,她的记忆在一则故事终了之际,随即萌生新的故事。这就是史诗的记忆,叙述中缪斯的光泽。这种记忆应该同另一种原则相对照。这一原则,在小说的原始形式——史诗中隐而不显,还未和故事中的记忆因素区分开来。无论如何,这一原则有时能在史诗中直接表达出来,尤其在荷马史诗那些庄严肃穆的时刻,就像它在开篇乞灵于缪斯。这些篇章中声称的原则是,长篇小说家所需要的持续记忆,与讲故事者的短期记忆是不能同日而语的。前者致力于描述清楚一个英雄,一段历程,一场战役;而后者,则描述众多散乱的事端。换句话说,缪斯在长篇小说所激发的因素,是整体性的、连贯的记忆;而故事则追寻着诸多纷乱的头绪,需要的是不断的追忆。随着史诗艺术的衰弱,这两种方式在记忆中的统一,便发生了分裂。

十四

帕斯卡尔②曾说过,"没有人在死的时候会穷困得身后一无所有。"这句话,对记忆亦是如此,虽然记忆的遗产并不一定能找到传人。小说家管理这一遗赠,常常怀着深沉的忧郁。阿诺德·贝内特③在他的一部小说里,提到一位已经死去的女人。他说她"几乎从未有过真正的生活"。这句话通常也适用于小说家所经营的

---

① 译者注:谢荷拉查德,中世纪传说中的女巫,可以无穷无尽地讲述故事。
② 译者注:布莱士·帕斯卡尔(Blaise Pascal,1623—1662),法国著名的神学家、宗教哲学家、数学家、物理学家、化学家、音乐家、教育家、气象学家,著有《思想录》。
③ 译者注:阿诺德·贝内特(Arnold Bennett),英国一位多产的通俗作家,一生共写了三十余部小说、数册短篇故事以及十三本剧作,《老妇人的故事》使他一跃成名,成为英国最杰出的小说家之一,名列二十世纪英国小说名著之林。

全部遗产。对这个问题,最重要的阐释当属思想家乔治·卢卡契①。卢卡契在现代长篇小说中看到的是"超验精神无家可归的形式"。在他那里,现代长篇小说还同时是唯一一将时间采纳为结构原则的艺术形式。卢卡契在《小说理论》一书中如是说道,"只有当我们与自身的精神家园失去联系时,时间才能成为结构的因素。只有在长篇小说的叙事里,恒定不变的真实与幻变的时光才彼此分离。我们几乎可以说,长篇小说的整个内在动力,不过是抵抗时间威力的一场斗争……从这抗争中,产生了真正的史诗一般的对时间的体验:希望和记忆。只有在长篇小说里,才有让事物漫长的演变现形,并将其演变转化为一种创造性的记忆……也只有当主体从封存于记忆的过往生命流程中,看出了他整个人生的总体性和谐,才能克服内心世界与外部世界的双重对立……摄取这和谐的眼光,让自己达成神启似的洞见,从而能够去把握从生活本身中不能获得的、因而是无以言说的生活意义。"

"生活的意义",的确是长篇小说内在动因,并促使自己加以演变的关键所系。对意义的寻觅,不过是读者参照自己的生活经历,对长篇小说所描述的生活历程加以比较和体悟。在长篇小说当中是"生活的意义",而在故事当中,则是"故事的教育意义"。小说与故事,就以这样的标签,截然不同地对峙着。从两者中,我们可以看出构成这两种艺术形式的截然不同的历史性因素。倘若《堂·吉诃德》是小说的最早标本,那它最晚近的范本,也许是

---

① 译者注:乔治·卢卡契(George Lukács),是二十世纪匈牙利著名的哲学家和文学批评家。他的理论创作始终与国际共产主义运动的历史进程紧密相连、息息相关,被誉为西方马克思主义的创始人和奠基人。代表作有《历史和阶级意识》《审美文化》《小说理论》等等。

《情感教育》①。在《情感教育》结尾的一段文字中,资产阶级时代处于衰败的节点上,他们从社会实践中所发现的意义,已成为生活之杯中的渣滓。少年时代的挚友弗雷德里克和德斯罗赫在回顾年轻时的情谊,发生了这样一桩小事:一天,他们两人偷偷地、羞怯地造访本城的妓院。结果是什么也没干,只是向鸨母敬献了一束从自家花园里摘来的花。这个轶闻,在三年之后,仍在小城里作为趣事流传。他们互述这桩事的细节,并且互相补充回忆中的盲点。等各自追述完毕,弗雷德里克叹道,"那大概是我们一生中最美好的事。"

"你说的大概?"德斯罗赫反问他。"没错。"弗雷德里克很肯定。德斯罗赫则答道,"那是我们一生中最美好的事。"

随着小说人物的这种洞悉,小说达到了一个严格说来仅仅属于小说而不属于故事的结局。对任何一个故事,继续陈述下去,是非常自然而然的,他们一定会说清楚为什么是"最美好的"。然而,小说家则在此写下了"剧终"二字,并邀请读者自己去洞察领会"生活意义"这一限度,不希望自己越雷池一步。

十五

听故事的人总是和讲故事的人结为伴侣,甚至,故事的读者之间也能分享这种情谊。然而,长篇小说的读者们则很孤独,比任何一种别的体裁的读者更加孤独(连诗歌的朗诵者都愿意高声吟哦,以便让听者们听得愉快)。在如此的寂寞中,小说读者比任

---

① 译者注:《情感教育》一书,是法国十九世纪批判现实主义作家福楼拜的一部重要长篇小说,描写的是一位青年大学生弗雷德里克从青年到中年的人生际遇和情感历程。

何人都更贪婪地攫取他所阅读的材料。他准备将读物全盘占为己有,大口将其鲸吞下肚。实际上,他摧毁并吞噬叙述素材的行为,恰如壁炉中的烈火吞噬木块。贯穿小说中的悬念,就好像是一股气流,不停地煽旺炉中之火,使之生动狂舞。

这正是使小说读者的兴致燃烧不止的干柴。"一个在三十五岁去世的人,"莫里兹·海曼①曾这样写过,"无论就其一生的哪一点来看,都是一个在三十五岁死去的人。"这句话要不是因为时态有毛病的话,简直是模糊到了极点。此处意指的真理是,一个过去三十五岁时死去的人,在生者的记忆中,将呈现为一个终其一生都是个三十五岁的人。换句话说,在现实生活中听来毫无意义的一句话,在生活里刻骨铭心的记忆中却不可辩驳。有关于小说人物的本质,没有比这句话表达得更好了。它表明小说人物的"生命意义",只有在接近死亡的一刹那间才显露。但一部小说的读者,确实是一个能在小说作品中寻找到他所获得生命意义的同类人。因此,无论如何,小说读者必须事先确认他会分享小说中人物的死亡经验,若有必要的话,是他们象征性的死亡——即小说的结局的启示。但更好的是,他们最真实的死亡,即在叙事进展中死去了。人物怎么才能使一位读者明白,死亡在等待他们,那是一个确切的死亡,在一个确定的地点发生?这正是一个保证读者对小说事件保持浓烈兴趣的疑问。

因此,现代小说的富于意味,并不是因为它时常有"教育意义"——向我们描绘了某人命运的得失,而是因为此人的命运借助叙事的烈焰而燃尽,给予我们从自身命运中无法获得的温暖。吸引读者去读小说的是这么一个愿望:以阅读到的人物的死亡,

---

① 译者注:莫里兹·海曼,德国十九世纪著名作家、文艺评论家。

来暖和自己寒冷的生命感觉。

十六

高尔基曾写道:"列斯科夫是一位深深扎根于人民的作家,完全不受外国文化的影响。"伟大的讲故事的人总是扎根于民众,首先,他们来自于手工艺人的环境。但是,这环境不断发生着翻天覆地的变化,至今经历了经济技术发展的许多阶段,包含了农业、航海和城市化的诸多因素。故而,流传至今的故事所储存的经验,也具有了不同的层次(更不用说商人们在讲故事艺术的发展与兴起中发挥过很大的作用。他们的功用不仅仅是增加那些"教育读者"的内容,而更多的是发展出日益完善的讲故事的技巧。他们在《一千零一夜》这样的长篇故事中,留下了自己深深的痕迹)。简言之,尽管讲故事的行为在人类历史大环境中发挥过非常重要的作用,但实现这些故事的现实成果却是多种多样的:列斯科夫能轻易用东正教的语汇表述故事的教益概念,在赫伯那里,似乎自动地融合于启蒙主义的教育观念,在爱伦·坡那里显现为深奥费解的传统,而在吉普林[1]描写的英国海员和殖民士兵那里,这一概念又找到最后的归宿。一切讲故事的大师的共同之处,是在于他们都能自由地在自身经验的层次中上下移动,犹如在阶梯上起落升降。一条云梯往下延伸直至地球脏腹,往上直冲云霄——这就是集体经验的意象。对此,个人经验中甚至最深重的震惊——死亡,也不能构成障碍或阻挠。

---

[1] 译者注:罗德亚德·吉普林(1865—1936),英国小说家、诗人,1907年度的诺贝尔文学奖获得者,素有"帝国主义诗人"之称。他生于印度孟买,七岁回英国受教育,十七岁大学毕业后从事报刊编辑和文学创作活动,曾到印度、中国、日本和美国等地游历,1896年后回国定居。

人的命运借助叙事的烈焰，
而燃烧，给予后人从自身命
运中无法获得的温暖。

"最后他们过上幸福美好久远的日子。"——童话故事里总是这样说。童话曾是人类的启蒙导师,至今仍是儿童们的第一位教师。因此,童话思维仍隐秘地存活于故事中。第一位真正的讲故事的人,是童话的讲述者,今后,将一直保持这样。每当我们急需良好教益之日,便是童话大力相助之时。这个需要,源自于神话创造的需求。童话实质上试图告诉我们,人类早期是如何设法挣脱神话压在人们胸口的梦魇。在各种各样小丑的形象中,它显示了人怎样在神话前装疯卖傻。在各种年幼的兄弟不断成长的历程中,它揭示了随着原始时代的消退,我们人生将获得的机会会越来越多。在那些力求探明何为恐惧的人物形象中,它向我们展示了我们之所以害怕某事是因为我们的不理解而已。在自作聪明者的形象中,它表明神话所提的问题都是非常头脑简单的。诸如那个著名的狮身人面兽所出的谜。在那些济助儿童的动物中,它告诉我们,自然不单单服从神话,还更愿与人为善。在很久远的时代,童话已教会人类,至今仍在教导儿童的最明智的箴言是:用人的机智和勇气去面对神力统治世界里的暴力(这就是童话将勇气分为两极的原因所系,童话把勇气辨证地划分为机勇和奋勇)。童话所具备和施展的解救魔力,并不是使自然以神话的方式演变,而是让自然与获得自由的人类同谋。成熟练达的人,只能偶尔感受到这种共谋,就是当他充分认识幸福的意义之时。但儿童则在童话中随处可以遇见这个同谋,这使孩子们永葆愉悦的心境,从而茁壮成长。

十七

讲故事的人很少像列斯科夫那样,与童话的精神表现了如此

一条云梯往下延伸直至地球脏腑,死亡,也不能构成障碍或阻挠。

深厚的因缘。这里包含了东正教教义所推崇的某些立场。众所周知,奥里根①关于众生皆可升天的理论,为主张救赎论的罗马教廷所不齿。但他的信念在正教教义中却起了重要作用。列斯科夫深受奥里根影响,并曾计划翻译其著作《论首要的原理》。他遵循俄国民间信仰,不把复活理解为变形,而更多的是像在童话中那样,视之为旧形态的"幻灭"。对奥里根的这种理解,是列斯科夫故事作品《朝圣徒魔幻的旅行》的基础。跟他的其他作品一样,这个故事是一个半童话半传奇的结合,类似恩斯特·布洛赫②以他独特的写作方式,运用了我们对神话和童话的区分时提到的那种糅合。

"一个童话和传奇的糅合,"布洛赫解释说,"包含了修辞的神奇因素。这些因素的效果,经常是变化甚微、引人入胜的,但并不超绝于人世间的一切。传奇中常有巫师形象,尤其是非常苍老却法力无边的巫师,这就是所谓'神奇'。比如费利蒙和包西斯这一对巫师夫妇就是如此,非常善良,却常神魔般来去无踪。在喜欢营造魔幻气氛的哥特赫夫那里,肯定也有类似的童话和传奇的联系,尽管可以肯定地说,停留在更低一点的层次上。毫无疑问,有某些时刻,这种联系把传说从魔幻那里分离开来,保护了生命之火——特别是人所特有的从内到外默默燃烧的生命之火。"

"能实现神奇地逃脱的人们。"——那些正直的人——指的是列斯科夫所创造的人物系列中的佼佼者:巴甫林,费格拉,假发设计师,驯熊者,助人为乐的卫兵。所有的这些人,都是智慧和仁慈

---

① 译者注:奥里根(Origen),中世纪东正教的著名牧师,宗教哲学家。
② 译者注:布洛赫(Ernst Bloch),十九世纪末、二十世纪初德语文学重要代表作家,其作品曾影响包括卡夫卡在内的大批德语作家。

的形象,他们给世人以慰安。他们环绕于讲故事者周围,并确定无疑融入了列斯科夫母亲的原型。

列斯科夫是这样形容他的母亲:"她仁慈至极,从不忍伤害人或任何的动物。她不食鱼肉,因为她对每一个动物都有如此深厚的恻隐之心。我爸爸有时因此而责备她,她却答道:'我亲手把这些动物养大,它们就像我的子女一样。我能吃我的孩子吗?'她在邻居家做客也不吃肉,常说,'它们活着的时候我见过,它们是我的熟人,我能吃我的熟人吗?'"

正直人是世界上万物的代言人,同时是它们最高形式的化身。在列斯科夫那里,正直人都不可避免地带有母性色彩,有时这个特征还出神入化(当然,这样一来,也就影响了童话的纯粹性)。最典型的是他的小说《克廷和普拉东尼达》中的主人翁。此人是一名农夫,名叫彼斯昂斯基,是一个双性人。而他的母亲把他当作女儿教养达十二年之久。可是,他的男女性器同时生长成熟。他的双性特征"成为了一个象征,象征了上帝显灵"。

在列斯科夫本人看来,这是万物所能企及的顶峰。同时,他还将其视为连接现世与来世的一个桥梁。因为这些人物,体现了列斯科夫的讲故事技巧中所侧重描绘的现世中最强壮,同时也最有母性的男性形象。不过,他们在青春勃发之时,已经把自己从情欲的奴役中解脱出来。但是,他们实际上并不体现禁欲主义的理想。这些正直人物的节制,完全发自真性情,并非含有禁欲主义者的贬义,以致可以充分与叙述者在《孟泽斯科县的麦克白夫人》中所描绘的淫欲形成最强烈的对照。如果说巴甫林与这个商人妇之间的种种人物形象,概括了世间种种的广泛度,那么,列斯科夫也正是通过对他人物的高低等级排列中发掘了世界的底蕴。

十八

万事万物的高低的秩序，正是以正直的人为巅峰，然后慢慢往下走，直至渐渐进入无机物的深渊。这里必须要注意这样一个特点：造化整体并不以人声言说，而是借"自然之声"发言，如列斯科夫同样借助于相同的题目——《自然之声》所阐发的最有意味的作品。

这个故事描述了一个小公务员，菲利普·菲利波维奇，是如何使尽浑身解数，力图把一位旅途中偶尔经过一个小城的陆军元帅奉为上宾。他还真弄成了。这位客人，开始时很惊诧这卑微的小公务员干嘛要对素不相识的自己如此殷切邀请，但相处了一阵渐渐觉得此人似曾相识。这人是谁？客人却完全不记得了。奇怪的是，这位小公务员也不愿直截了当说出他们当年怎么认识的，只是日复一日拖延这位大贵人的归期，声称"自然之声"会在恰当的时机向他表明他们是相识的。如此又过了几天，客人不得不离开小城了，临行前同意了主人的请求，要当众让"自然之声"发言。于是，小公务员让他的妻子到内室里去，让她拿出一个硕大的、闪闪发光的铜制的军号，交给她丈夫。他接过这个号角，放到嘴唇上用力地去吹，脸在一瞬间似乎都变了形。他鼓起了气，吹响了号角，犹如雷声隆隆，陆军元帅就突然喊道："停下，停下了！我知道了，兄弟，这一下就让我认出你。你是步兵团的号兵，因为你为人忠厚老实，我特地派你去监视爱搞小动作的司务长。"

"没错，元帅大人！"那位小公务员答道，"我可不想自己向您提起这事，但要让'自然之声'告诉您事情的原委！"

这个故事隐藏在滑稽之下的深刻意蕴，显示了列斯科夫非同寻常的幽默感。在相同的故事中,他的幽默以一种更隐秘的方式得以证实。我们得知这个小公务员因为为人忠厚老实,被派去监视心术不正的司务长。这在元帅认出他的结尾场景中,已叙述过了。但在故事开头,我们还通过作者叙述了解到,有关这位小公务员的若干的事实:镇上所有居民都与这个人相识,知道他并没有高官厚禄,因为他既不是政府官员也不是军队官员,只是一个小军需站的小主管。他与老鼠和蚂蚁为伴,像当年那个司务长一样,悄悄偷食国家的粮饷,经年累月,为自家偷盗出一座不错的庄园。

显然,这个故事反映了讲故事人对无赖和骗子传统性的同情。这一整个的闹剧文学就是证明,甚至在高端艺术的雅座上也有一席。作家赫伯笔下所有的人物,如布拉森海姆的磨坊主,廷德·弗雷德,红脸节食人等,都是一些有"无赖"气质的人物。但对于赫伯,正直人在世俗剧台上,扮演着主要的角色。可是,因为没有一个完全的好人能真正胜任全部的主角,因此,主角总会被那些不怎么好的人物所取代。有时是流浪汉,有时是喋喋不休讨价的犹太商贩,时而是智力愚钝的人,从而代替主角。于是,正直人在任何情况下,都只是个跑龙套的表演,一个道德上的表态而已。赫伯有诡辩家的倾向,他从来不坚持什么固定不变的原则,但也不排斥表达的原则性。因为任何原则,都有为正直的人借用的时候。我们可以将他的态度,与列斯科夫的态度相比较。列斯科夫在其作品《关于克罗采奏鸣曲》这一故事中写道:"我意识到,我的思想源自于一种讲究实效的人生观,而不是根据抽象的哲理或崇高的道德。我仍习惯于按照我特有的方式去思索问题。"

当然，比起赫伯世界里的道德评判和主导，列斯科夫作品中的道德总是充满了劫难，这就像是用无声流淌的伏尔加河与欢快奔突、水花四溅的水车溪流对比。在列斯科夫所写作的一些历史故事中，激情的摧毁力，恰如阿喀琉斯的愤怒或哈根的仇恨。在这位作家的视野中，人世间的万事会在一瞬间令人感到触目惊心，任何僵化的原则黯然失色，如此堂皇地举起魔杖，这真是令人惊异。列斯科夫显然理解使他接近悖论式的伦理观的心态，这也许是他与陀思妥耶夫斯基完全不相同的地方。在《来自远古的故事》这一部作品中，蛮荒的自然力，极其暴虐，且残酷至极。但是故事中一位神秘思想者，却有意将这种极其惨烈的自然状态，看成是人们借以提升自己成为圣贤的转机所系。

十九

列斯科夫越是沉潜下去，把目光放到万物肇始的最底层，他对事物的看法就愈是邻近于神秘。如下文所示，在这点上，有许多例子可以揭示讲故事人内在的本质属性。当然，能够闯入自然无机物深层面的作家寥寥无几。在现代叙述文学中，很少有讲故事者的声音，像列斯科夫的故事《绿宝石》那样响亮清澈，那些无名讲故事的人却先于一切文学而存在。这故事描绘一种未经雕琢的宝石：金绿宝石。虽然这宝石处于万物阶梯的最底层，但对讲故事的人来说，它却直接能够与万物的最高峰相联系。讲故事的人得天地之禀赋，能从金绿宝石中洞察出历史世界中地老天荒、沧海桑田的重大启示。讲故事的人就生活在这样的世界中。这个世界，就是亚历山大二世所统治的俄罗斯世界。讲故事的人，或者说列斯科夫，把自己的智慧所寄托的那个人，是一个钻石的雕刻匠，名叫温卓。他有着非常完美的技术。我们可以把他与图拉的银器匠相提并论。本着列斯科夫自己的精神，最优秀的匠人掌握了深入造化冥冥内庭的途径。这宝石雕匠是虔诚的肉身显现。

故事是这样去描述他的：他突然捏了捏我戴着镶金绿宝石戒指的手，据说，这宝石在人造的灯光下，能够晶莹闪烁，发出夺目的红光。他喊道："瞧，就是它，就是这颗能够预言的俄国宝石！狡猾的西伯利亚宝石，它总是像我们心中希望的那样绿莹熠熠，只是到了傍晚才浸润浓浓的血色。这就好像是，世界万事万物的开始。但它长久地隐秘不现，深深地隐藏在西伯利亚的冻土之下，直至我们的皇帝亚历山大二世陛下登基之年，一个魔法师到西伯利亚寻求此石，它才愿意见天日。这魔法师……"

"你胡说什么，"我打断他，"这宝石根本不是魔法师发现的，而是一位名叫诺基斯克的学者无意间找到的！"

"他就是一个魔法师，我告诉你，就是魔法师！"温卓高声叫道，"瞧瞧，这块宝石，里头有绿色的黎明和血红的黄昏……它是我们命运的象征，是尊贵的沙皇亚历山大二世的命运！"说着说着，老温卓面向墙壁，头支在胳膊上……哭泣了起来。

恐怕最能使人接近这一意味深长故事之真谛的，莫过于瓦雷里在一个与此无关的场合说过的一句话。瓦雷里在研究一位创作丝绣人像的女艺术家时说，"艺术的观察可以使人接近于最神秘的深层，于是被观察的对象失去了它们旧有的名称。光和影融合成十分特别的新作品，提出了十分独特的问题。这些问题，既不依赖于旧有的知识，也不是出自什么实践，而纯粹由某一个艺术的灵性、眼光和手艺的和谐，使其获得存在的价值。这种人，天生就能洞悉这别样的体系,并在内心自我中将其创造出来。"

很精简的一段话,便将心、眼和手三者联系在了一起。三者之间的互动与协调,形成了一个实践。我们对这一实践,已经很陌生。手的功夫在故事讲述的活动中,越来越显得微不足道,在讲故事中的地位也日渐荒废。(归根结底,在感性方面,讲故事绝不仅仅是喉咙发出声音的功夫。在地道的讲故事艺术中,手势的作用不小。对讲故事的工艺追求,练就出不同的手势,以千差万别的姿态,支撑着表达的意义。)从瓦雷里的这句话里,我们所知,呈现出的古老的心、眼、手协调一致,也属于工匠。在以往,讲故事艺术安身立命之处,都能发现这种协调性。事实上,我们可以深一步追问,讲故事者对他的素材——人类生活的关系本身,是否正是工艺人之于手工艺品的关系?讲故事人的工作,恰恰是以踏实、实用和独特的方式,锻造着经验的原材料——来自自己和他人的经验的糅合。如果我们把谚语视为一个故事的意义符号,那么,这种塑造所得出的结果,可以最充分地由改谚语来体现。一句谚语是伫立于一个古老故事旧址废墟上的标识,其中一个教训包裹着一个事件,有如青藤爬满了墙壁。

从这一点上而言,讲故事的人也就加入了人们的导师和智者的行列。他拥有教育民众的权力,但这种教义不像俗话和谚语那样,只适用几个场合,而是像智者的智慧,四海之内皆为适用。讲故事的人,有回溯整个人生的才能(顺便提一句,这不仅包括自己经历的人生,还包含不少他人的经验,讲故事的人会把任何的道听途说都据为己有)。他的天资在于他能从容地叙述他的一生,他的独特之处在于,能铺陈他的整个生命历程。讲故事的人是一盏灯,让其生命的灯芯由他故事的柔和的烛光慢慢地燃尽。这就是环绕于讲故事的人身上,那种无可比拟的魅力意蕴所系。无论在列斯科夫、豪夫、爱伦·坡①和斯蒂文森②都是如此。在讲故事人的形象中,一个善良的人,最终会遇见到的,唯有他自己。

---

① 译者注:爱伦·坡,十九世纪美国著名诗人、小说家,现代性诗歌的开拓者,侦探小说的鼻祖。
② 译者注:这里是指英国小说家斯蒂文森。

评弗兰茨·卡夫卡
——卡夫卡的人生与作品解读

波将金

据说,波将金①患有抑郁症,并且时不时地发作。在复发时,他曾经下令,不允许任何人接近他,特别是走进他的房间更是严格禁止的。不过,在宫中,从没有人提起过他的这种疾病,更进一步的是,大家都心照不宣,觉得如果有谁贸然提起这件事,就会招惹女皇叶卡捷琳娜的不满,那后果是非常严重的。有一次,这位权臣的抑郁症复发了,并持续了很长的一段时间,从而导致了严重的公务问题。他办公室里的文件堆成了山,都需要波将金签署,而女皇又向群臣催着要这些文件。于是,皇宫办公厅里的高级官员们没有办法了。一天,一个叫舒尔金的小公务员碰巧经过了这个行宫的候见室,看见国家的大臣们、高级官员们都聚在那

---

① 译者注:波将金,是俄罗斯叶捷琳娜女皇统治时代的俄国陆军元帅,是女皇的情夫和宠臣,不仅协助女皇指挥军事,还协助女皇治理国事,权倾一时。

儿,和往常一样个个焦虑不堪地抱怨着。"怎么啦,诸位长官们?"热心的舒尔金问道。他们向他解释了事情的症结,并为不能把他派上用场而表示遗憾,却把真实的原委隐而不发。"如果就这么点问题的话,"舒尔金说,"那就把文件交给我吧。"由于他是一个小公务员,波将金并不认识他。大臣们就同意把文件交给他,舒尔金把一叠文件夹在腋下就出发了,穿过长廊和走廊,来到了波将金的寝宫。他没有停止脚步,也没有去敲门,直接拧开门把手——可门没有锁。他就这样进去了。在半明半暗之中,只见波将金身穿破旧的睡衣,正坐在床上咬指甲。舒尔金走到书桌前,把鹅毛笔蘸饱了墨水,没说一句话,便把笔塞进了波将金的手中,同时,又把一份文件放到了他的膝盖上。波将金目无情绪地盯着这位陌生的来访者,然后像是在做梦一样,他开始签字,一份又一份的文件上都签署着:舒尔金……舒尔金……舒尔金……。

　　早在两百年之前,这个历史故事就预示了卡夫卡的作品。笼罩这个故事的疑云也就是卡夫卡的谜。办公室和登记处,充满霉味的、破落又漆黑的房间,那里都是卡夫卡的世界。对原委漫不经心的舒尔金,固然非常热心,但最后,还只是落得个两手空空——他就是卡夫卡的K[①]。在遥远而不许接近的房间里昏睡的、不修边幅、无所事事的波将金元帅,就是卡夫卡作品中那些权力者的先驱。在卡夫卡笔下,他们或是住在阁楼里的法官,或是住在城堡里的大臣,不管他们身居什么样的高位,他们总是已经堕落或者正在堕落的人。甚至那些最底层的、最卑微的看门人和老朽的小公务员,也可能会掌握非常惊人的全部大权。他们为什

---

① 译者注:K,是卡夫卡多部小说的人物,很大程度上是卡夫卡自我的隐喻。

他们肩膀上所扛的,并不是地球,仅仅是他们的头。

么无所事事？他们是地图集上用肩膀支撑起地球的那些人的后裔吗？也许，这就是他们每一个都把头"深埋在胸前，因此，人们几乎看不到他们的眼睛"的原因。他们就像是城堡人，或孤独中的克拉姆①一样。但是，他们肩膀上所扛的，并不是地球，仅仅是他们的头。因为甚至最普通的物体都有重量，他们扛着头，很重。

"他们的疲倦，是战斗后的罗马角斗士的疲倦，他们的工作，是粉刷办公室的一角！"乔治·卢卡契曾经说过。今天，为了制作一张像样的桌子，你必须得有米开朗琪罗一般的建筑天才。如果卢卡契想到的是时间与岁月，那么，卡夫卡想到的就是宇宙空间。粉刷墙壁的人在这些时代里移动，甚至在他最卑微的活动中，都能体现这种漫无目的的运动。在许多场合，而且常常出于奇怪的原因，卡夫卡笔下的人物总是拍打着双手。卡夫卡曾经在作品中说出了一句不痛不痒的话，即这些手——"实际上是蒸汽锤"。

我们生活在恒定而缓慢、或升或降的运动中，会经常遭遇这些掌权者。但是，当他们从最深重的腐朽——从父辈那里出现时，是最为可怕的。在卡夫卡小说中，儿子无精打采地安抚着年老力衰的父亲。他刚刚把父亲扶上了床，跟他说："别担心，你全都盖好了。""不。"父亲喊道。他打断了儿子的话，扔掉毯子，那股力量使毯子飞出来时全部展开，然后他在床上站起来。他只有一只手撑着床架子以稳住身子。"你想给我盖好，我知道，小流氓，可我还没有全部盖上，即使我只有这么一点力气，对付你也足够了，甚至还过了头了……可是，感谢上帝，一个父亲是不需要学习就能看穿儿子的把戏的……"

---

① 译者注：克拉姆，卡夫卡小说《城堡》中的人物，土地测量员 K 一直想要到城堡中见克拉姆，但总是得不到他的批准。

他不用任何支撑就站起身来,乱踢起来。他的眼睛中闪着深邃的光:"这么说,你知道了这个世界上除了你之外,还有别的东西了吧,在此之前,你只知道你自己! 没错,你就是一个愚蠢的小子,同时,毫无疑问,你一直还是个坏蛋!"

当父亲甩掉了毯子的负担之后,他也甩掉了一个宇宙的负担。他必须使整个宇宙运动起来,以便把古老的父子关系变成鲜活的有结果的东西。可那是什么结果呀! 他判儿子溺水而死。父亲是施加惩罚的人。罪行吸引着他,就仿佛吸引着法庭官员一样。有很多事物表明,官僚们的世界和父亲的世界,对卡夫卡来说没什么不同。这种相同并不能给世界带来任何的光照。它的自身愚钝、腐烂和肮脏。父亲的制服沾满了污点。他们的内裤是肮脏的。污秽是官僚们的一个重要因素。

"一开始,他搞不懂自己为什么会有为公众的办公时间,还不如去给前面的台阶上弄点土。"——一个官僚如是地回答他,"他可能有点烦,但他明白了许多事。"

污秽是官僚们非常具有代表性的一个属性,以至于人们都可以把他们视作为巨大的寄生虫。这当然不是单单指的经济状况,而是指理性和人性的状况。官僚们就是靠这些状况,维持生计的。同样,卡夫卡笔下奇怪的家庭里,父亲们都是靠儿子们养肥自己,像巨大的寄生虫躺在儿子们身上。他们不仅仅削弱了儿子的力量,而且还挤占了儿子生存的权利。父亲施行惩罚,但他们同时又是控告者。他们所控告的儿子的罪过似乎是一种原罪。卡夫卡给这种原罪下的定义,比儿子对其他任何人都合适:"原罪,是人类最古老的非正义。包括人的无休止的絮叨和无边无际的埋怨,即他始终是非正义的受害者,原罪的受害者。"

但是,谁被谴责犯下这种遗传性的罪恶——即传宗接代的罪恶——如果儿子指责父亲这一点,谁能回答?从这样的情况可以推断,儿子就是犯罪者。但是,我们不能从卡夫卡的定义中得出这样的结论,即谴责是有罪的,因为这种谴责是虚假的。卡夫卡从来没有谈到过,这种谴责是错误的。这里所发生的是一个没完没了的过程,任何诉讼理由,似乎都比不上父亲借以求助于这些官员和法庭的理由更黑暗的了。这种无止境的堕落,并不是他们最可恶的特征,因为他们的本质就在于,他们的贪污腐化却是面对他们作为人类精神的唯一希望。诚然如此,法庭掌握着法律的文本,但却不允许人民去读。

"这样的立法体制的一个特点就是,"K揣摩着说,"人们不仅仅在无辜中,而且在无知中接受着审判。"法律和明确的法条在史前的世界上还没有书写出来。人们在不存戒心的情况下违反法律,因此可以改过自新。但是,无论对这些无辜者的打击多么严重,在法律的意义上,不仅仅是偶然性的,而且是致命性的。只是因为含糊不清而导致悲剧的一种命运。在对古代命运观念的一次粗略探讨中,赫曼·科恩得出一条"不可逃避的结论":"命运的规则似乎又是引起和导致破坏这些规则的因素,即玩忽职守。"法律权威们也同样如此,他们的法律程序是直接针对K的。这使我们远远超越在十二块立柱上刻写法律的时代①而回到史前的时代,书面的法律是战胜这个世界的最初功绩之一。在卡夫卡的作品中,书面法律包含在那些书籍中,但是那些书却是隐秘的。在这一基础上,史前的世界里法律无情地行使其统治权。

在卡夫卡的作品中,法律和家庭的状况具有很多方面共通之

---

① 译者注:作者这里指的是西方古代法律的基础,古罗马时代的十二铜表法。

处。在城堡脚下的村庄里,流行一句很有启发意义的格言。"我们这里有一句你可能熟悉的格言:官方的决定和年轻姑娘一样的羞涩。""这是一种正确的看法,"K 说,"一种正确的看法。官方决策和姑娘们甚至还有其他共通特点。"这些特点中,最突出的是愿意献身于任何事,就像 K 在《城堡》和《审判》中所遇到的羞涩的姑娘们一样。在家庭里,就像在床上一样的放荡的姑娘们。他在每一个拐角都能碰到她们,其余的人几乎没有给他带来任何麻烦,就像征服那位酒吧女郎一样容易。"他们互相拥抱着,她那娇小的身体在 K 的手中滚烫发热;K 总是努力控制结果却毫无结果,他陷入一种无意识状态中。他们滚出很远,重重地撞在了克拉姆的门上,然后,他们躺在那里,地板上到处散扔着啤酒瓶和其他垃圾。许多个小时过去了……这期间,K 不断感到他迷了路,他游荡着,来到了以前没有任何人游荡过的地方,甚至那里的空气和家乡的空气也没有共同之处,这里的全部新奇可能会使人窒息,然而,在这样的一个令人陶醉得失常的地方,你禁不住要继续走下去,甚至迷失得更远。"①

　　对于这样一个新奇的地方我们将有更多的话要说。值得注意的是,这些妓女一样的女人,似乎绝不是美丽的。相反,在卡夫卡的世界里,美似乎只出现在阴暗的地方——比如,在被控告的人当中。"这当然是一个奇怪的现象,一条自然法则,仿佛……不可能是罪过使她们迷人……也不可能是正义的惩罚使她们在期盼中变得迷人……那就一定是那些对她们的控告显示了她们的美。"

----

① 译者注:这段话可以在卡夫卡的作品《城堡》中找到,讲述 K 为了进入城堡,不惜勾引城堡主管克拉姆情妇弗丽达。

从《审判》中可以看到,这些程序对于被控告者通常是无望的——甚至在她们有希望获得释放时也是无望的。也许正是这种无望使她们显出美来——这是卡夫卡作品中唯一受宠的人物。至少这与马克斯·布洛德①所讲述的内容是一致的。"我记得,"布洛德写道,"与卡夫卡的一次谈话是从当代欧洲和人类的衰落开始的。'我们是进入上帝脑中的虚无思想,自杀思想。'卡夫卡说。这使我首先想到了诺斯替教派②的生活观:上帝是邪恶的造物主,世界就是他的堕落。'噢,不,'卡夫卡说,'我们的世界只是上帝的一种坏脾气,他的一个坏脾气。''那么,在我们所知的这个世界的这种显示之外就仍然还有希望。'他笑了。'噢,有很多希望,无限的希望——但不是我们的希望。'"

这些话为卡夫卡作品中那些极端的、陌生的人物建起了一座沟通桥梁。这些不是动物,甚至不是像猫羊羔或者奥德拉代克这样的杂种或想象中的生物;他们仍然生活在家庭的魔力之下。格里高尔·萨姆萨③在父母的家里一觉醒来,发现自己变成了一只甲虫。这不是偶然的,偶然性的变化是一半是小猫、一半是羊羔的动物,我们可以想象的神奇,来自父亲的遗传。这也不是偶然的。同样,奥德拉代克也是家长关怀的对象。而那些"助手"却不在这个圈子之内。

这些助手属于一个人物群,他们不断出现在卡夫卡的全部作

---

① 译者注:马克斯·布洛德,奥地利作家,是卡夫卡的挚友,也是他文学上的同道。在卡夫卡去世后,他继承了卡夫卡的遗稿,并没有按照他的遗嘱将之全部毁掉,而是整理出版。

② 译者注:诺斯替教派,所谓基督教中的禁欲派与智者派,主张智慧而有节制的人间生活。

③ 译者注:格里高尔·萨姆萨是卡夫卡《变形记》中的主人翁。

品中。这个族群包括在《冥想》中被剥去伪装的骗子;卡尔·罗斯曼的邻居,夜里出现在阳台上的一个学生,和生活在南方小镇从来不厌烦的那些傻瓜。他们生存在暗夜之中,这使人想起罗伯特·瓦尔瑟短篇小说《助手》①里在人物之中出现的那种不确定的光。在印度神话中,有一些天国的生物,总是呈现出没有止尽的变化状态。卡夫卡的"助手们"就属于这种存在物:既不是其他的任何人群中的一员,也不是他们的陌生人,而是从一个人物群到另一个人物群之间的信使。他们还没有完全摆脱自然的养育,所以才得以"在一个角落里两件旧时女裙大小的地板上安顿下来"。"他们的宏图大志……就是尽可能使用最小的空间。为此目的,他们在不断地进行各种实验,抱起胳臂,盘起腿,紧密地蜷缩在一起;在黑暗中,人们在他们的角落里,所能看到的就是一个大球。"正是作者对他们及其同道,对这些笨手笨脚的、处于未进化的生物来说,仍然抱有一线希望。

我们可以从这些信使的活动中,以非正式的微妙途径识别出来的,是世界用一种令人压抑和沮丧的法律限制着他们的行动。在这个世界上,他们从没拥有一块坚实的立足之地,甚至只是那些坚实的、不可分割的轮廓。他们的存在,没有一个不是上升或下降,没有一个不与其敌人或邻居进行身份交易,没有一个不耗尽规定的时间然而却尚未成熟,没有一个不是筋疲力尽,然而却仅仅处于漫长生存的开端②。在这种状态下,谈论任何等级或者秩序,都是不可能的。甚至,在我们日常语境里所能想到的神话世界,也比不上卡夫卡的世界那样鲜活。他一直巴望着神话一般

---

① 原注:瓦尔瑟是《助手》的作者,卡夫卡非常喜欢这部小说。
② 译者注:作者的这段话隐喻了卡夫卡自身的处境,总是犹豫不决,无法开始。

的救赎。但是,如果我们可以确信一件事的话,那就是,卡夫卡并未屈服于日常世界的引诱。他是一位当代的尤利西斯。他让那些塞壬①"在他那固定在远方的注视之下"走掉,"那些塞壬仿佛在他的意志面前消失了,而就在他和她们最接近的时刻他再也感觉不到她们的存在了"。在古代世界的卡夫卡先驱者当中,即使我们以后将遇到更多有趣的犹太人和中国人,也不应该忘记这位希腊人。无论怎么来看,尤利西斯都位于神话和童话之间的分界线上。理性和奸诈把欺骗混入到了神话当中,它们的力量已不再是战无不胜了。童话是讲述如何战胜这些力量的传统故事,对辩证法家来说,当卡夫卡继续写作传奇时,他所写的正是童话。他在一些故事中插入各种各样的小把戏,然后用它们证明"那些不充分的、甚至幼稚的措施也能用来拯救一个人"。他以此开始了"塞壬的沉默"的故事。卡夫卡笔下的塞壬是沉默的,她们拥有"甚至比她们的歌……更可怕的武器……沉默",她们把这种沉默用在尤利西斯身上。但是,卡夫卡如是告诉我们,他"满脑子诡计,是这样一只狐狸,甚至命运女神也不能穿透他的盔甲。尽管这里人的理解超越了自身的深度,但他也许真的注意到这些塞壬是沉默的,反对前面提到的她们的故弄玄虚,而女神们不过是一种盾牌而已"。

卡夫卡的塞壬是沉默的。也许因为对卡夫卡来说,音乐和歌唱是一种表达,或至少是一种逃避的象征,一种希望的象征,从那个中间的世界——既是未完成的又是普通的,既是舒适的又是愚蠢的世界——来到我们这里,那个世界也就是助手们的家。卡

---

① 译者注:尤利西斯是希腊传说中归乡的英雄,在归途中他遇到海妖塞壬的引诱。

卡夫卡是一位当代的尤利西斯。那些塞壬仿佛在他的意志面前消失了,而就在他和她们最接近的时刻他再也感觉不到她们的存在了。

夫卡就仿佛成了一个少年,要开始了解恐惧究竟是什么。他已经进入了波将金的宫殿,最后,在深宫的小房间里,他遇见了约瑟芬——那只会唱歌的老鼠,他这样描写她的歌声:"那里有些是我们可怜短暂的童年,有些是失去而永远不会再来的幸福。但是,也有积极的当代生活,它的微不足道的快乐,无数的然而确是真实的、无法遏制的快乐。"

一张童年的照片

我见过一张卡夫卡童年时期的照片,在这个"可怜短暂的童年"里一张罕见的感人的肖像。或许,它是在十九世纪一家照相馆里拍的,画面上有垂帘和棕榈树,挂毯和画架,这位男孩被放在一个如同是暖房的背景之中,穿着一套紧身的、装饰繁丰令人窘迫的儿童套装。棕榈叶在背景中若隐若现。而且,仿佛是为了使这种饰有挂毯和热带风景更加干热和湿热,那位模特儿①左手拿

---

① 译者注:指的是童年的卡夫卡。

一顶超大号的、宽边的西班牙帽。那双无限悲哀的眼睛,看着事先为这双眼睛准备好的假风景,而一只巨大的耳朵,看起来似乎在努力倾听各种声音。

"要成为红皮肤的印第安人"的强烈愿望,可能在某方面抵消了他骨子里蕴含的深切的悲哀。"如果你只是一个印第安人,时刻保持着警觉,而且,骑在一匹奔驰的马上,因为根本没有马刺,扔掉缰绳,因为根本没有缰绳,几乎看不到前面的土地,将它视为犁平的一片荒野,而马的头颈已经不见踪影了。"这个愿望中包含着许多内容。它的实现将泄露它的秘密,而这只能在美国实现。《美国》①是一个特殊的例子,这已由其主人公的名字所表明。在早期小说中,作者对人物除了用含糊的代号或者缩写之外,从没有使用过其他的称呼。而在这部作品中,他则给了主人翁一个名字,甚至是一个全名,让他在一个新大陆上经历了一次再生。他在俄克拉荷马自然剧院经历了这次再生。

"在一个街角,卡尔看到了一张广告画上写着下面的布告:俄克拉荷马剧院从今天早上六点到午夜将在克雷顿赛马场招聘演员。俄克拉荷马大剧院欢迎你!这是唯一的一次机会,就在今天!机不可失,失不再来!为了前程,来加入我们的行列吧!我们欢迎每一位来者!我们剧院雇用每一个人,为每一个人安排合适的角色,如果决定加入我们的行列,我们将此时此地就祝贺你!但要抓紧,赶在午夜之前到来!午夜十二点大门将关闭,而且永不再开!让那些不相信我们的人见鬼去吧,快到克雷顿来!"

---

① 译者注:《美国》是卡夫卡生前未尽的一部长篇小说作品,描写一个青年来到作者想象中的美国的生活经历,也名作《司炉》。

这张布告的读者是卡尔·罗斯曼,卡夫卡小说中主人公 K 的第三个、也是比较幸运一点的化身。"幸运",在俄克拉荷马自然剧院等待着他。那实际上是一个赛马场,正如"不幸"曾经在他的房间一块狭窄的地毯上困扰着他。在那里,他就像在"赛马场上一样"到处奔跑。自从卡夫卡写出了"为赛马师绅士的反思";自从他让那位"新律师"把腿高高抬起,迈着能使大理石震动的步伐登上法院的台阶;自从他强迫"乡村路上的儿童"抱着膀臂,大步奔跑,穿越乡村之时,这个形象就是他所熟悉的了;甚至"由于困倦而精力分散"的卡尔·罗斯曼也常常"太高地,费时地,无用地跳跃起来"。因此,他所能获得自己的欲望实现的地方,只能是一个赛马场。

就这样提出了一个难题,这个赛马场同时也是一个剧院。然而,这个神秘的地方和丝毫没有神秘感的、透明的、单纯的人物卡尔·罗斯曼却是非常和谐的。因为卡尔·罗斯曼是透明的、单纯的、没有性格的人,仿佛弗朗茨·罗森茨威格在《救赎之星》中所说,在中国,人们在精神这方面"好似都缺乏个性,以孔夫子为古典的化身的贤人观念模糊了性格的个体性;他是真正的无性格之人,即是说,普通人……中国人的特征完全不是他的性格,而是一种非常通常的单纯的感觉"。无论用何种理性的方式去表达,这种纯洁的感觉都可能是衡量人们行为的一种特别有效的标准。俄克拉荷马自然剧院无论如何都使人回想起中国戏剧,那是一种姿态性的戏剧。这种戏剧的最主要功能之一,就是把事件分解成无数行为因素。进言之,卡夫卡的许多短篇小说和故事,只有在作为多幕剧而在"俄克拉荷马自然剧院"上演时,我们才能充分理解它们的含义。只有在那里,我们才能确实认识到,卡夫卡的全部作品构成了状态的符号。而这种符号对于作者来说，从一开始肯定就不具备任何明确的意义。相反，作者试图在不断变化的话语和组合实验中，从这些元素中衍生出不一样的意义。剧院是这种组合的逻辑地点。沃纳·克拉夫特在一篇论《兄弟相残》的未刊评论中，颇有见地地把这篇小故事中的事件看做是舞台情节。"戏已经准备就绪，实际上是用一声铃响宣布的。这种方式非常自然。魏斯离开了他的办公楼。但是，这声门铃，作者明确地告诉我们，是'非常响亮的一声门铃，它响彻了全城，直上云霄'。"正如这个十分响亮的门铃响彻天空一样，卡夫卡人物的行为对我们所习惯的情节氛围来说实在太有力了，因而突破了具体环境的限制，而进入更广阔的领域。卡夫卡的技巧越是熟练，他就越经常地避免在普通环境中营造相关行为或予以解释。我们在《变形记》中读到如下的段落："坐在办公桌旁，居高临下与雇员谈话，是一种奇怪的行为，为此，这个雇员必须相当靠近，因为老板听力困难。"《审判》早已把这种动机抛在后面了。在倒数第二章中，K在大教堂的第一排停下脚步，"但是牧师似乎认为那段距离太大；他伸出一只胳膊，用明显弯曲的食指指着恰好在布道经坛前面右侧的一个位置。K在那个地方坐了下来，在那里，他得使劲地仰着头，才能看到牧师。"

马克斯·布洛德说过，"对于他，十分重要的、具有那种现状的世界是隐而不显的。"卡夫卡对行为状态最是视而不见。每个姿势本身都是一个事件，甚至可以说是一出戏剧。这戏剧发生的戏台是世界剧场，面朝着天堂播放。另一方面，这天堂仅是背景，欲探索其内在法规就如把戏台的布景画镶上框架，挂在画廊供人欣赏。如艾尔·格里格①，卡夫卡在每个姿势之后，打开一片天空；也如格里格这位表现主义艺术的典范，姿态在卡夫卡那里最为关键，是事件的中心。那些导致别墅大门被敲得咚咚响的人，因为恐惧，走动时身躯都弯屈起来，这是典型的中国戏剧演员表达恐惧的方式，但这并不能使得观众惊惧。在另外的一些作品中，K自己也进行一些表演，但并没有充分自觉。"慢慢地，他的眼睛并不往下看，而是谨慎地抬起，他从桌上取下一份文件搁在手掌上，慢慢将文件交给那位先生，同时自己也站起来。他心中茫然，做出这姿态，是一种他提交了彻底免罪的请求，且只得如此做，才能发出请求。"这动物一般的姿态，糅合极端的神秘与极端的简洁。我们可以读了很多卡夫卡的动物故事，而从没有想过其实这些故事根本不涉人事。当我们遇见动物的名字，像猴子、狗、地鼠，我们从书中惊起，恍然了解到，这里已经远离了人间的大陆。卡夫卡总是如此，他使人的状态远离了文化传统的支持，然后提出一个令人反思良久的命题。

奇怪的是，即使是卡夫卡所书写的貌似哲理的故事，这种反思也是令人回味良久的。以《法律门前》这一寓言为例，我们可以深刻地认识到这一点。而读过《乡村医生》的读者，也许对故事中混沌模糊的地方印象极深。但这会将他引到此寓言里卡夫卡有意要诠释的所在，让他深思不绝吗？《审判》中的牧师是这么做了。在一个意味深长的时刻，似乎卡夫卡的小说除了寓言的展开，没有其他意蕴。这里的"展开"具有两层意义：蓓蕾绽开成为花朵；另外一种是类似于我们教小孩折叠的纸船的展开那样，放平就成为一纸平面，而这一种意义的展开真正适于寓言。将寓言

----
① 译者注：格里格，表现主义艺术家，二十世纪表现主义艺术的代表人物。

的折叠展开，放平，然后获得意义，这是读者的快乐。然而，卡夫卡的寓言却是，好似花蕾绽开成花朵。这就是，之所以他的寓言的效果好像是一些诗篇那样。这并不是说他的散文，可以完全归属于西方散文形式的传统。它们之于哲理教训，更近似犹太法典的传说之于法律经典。他的散文不是寓言，无法让人望文生义。它们易于延引摘录，可以用于澄清意义。但是，我们何尝能够直抵卡夫卡的寓言所阐述的意义，领会K的姿态和动物举止可以澄清的哲理？这哲理教训根本不存在。我们只能说时不时发现一些暗示：卡夫卡或许会说这是传递教训的传统办法，而我们也同样可以将它看作是一种理性的预言。无论如何这关乎人类社会中如何组织生活和工作。这个问题对卡夫卡愈是晦暗难解，他愈是穷追不舍。如果拿破仑在艾福特和歌德的著名谈话中认为政治可以取代命运，作为这一观点的翻版，卡夫卡将社会结构视为命运。不仅在《审判》和《城堡》中，卡夫卡面对着庞大的官僚等级，体悟这一命运，而且在更具体的、艰巨得无法估量的建筑工程中，也瞥见命运。在《中国长城建造时》中他描述了这令人敬畏的建筑计划的模式。

"这城墙将用做防卫，应历时久远。因此建筑上精益求精，运用了记载中所有时代、所有民族的建筑智慧。建筑者的个人责任感不可一日松懈，这是完成工作不可缺少的条件。当然，搬土运石的劳役可雇用目不识丁的劳工，国人中男人、女人、儿童，凡是想卖力挣钱者皆可征用。但即使是监督四个劳工也要有一个经过建筑行业训练的人……我们——这里我以众人的名义说话——并不了解自己，直到细读了上方的指令才顿开茅塞。于是我们发现，没有这个领导，无论是我们的书本还是常识，都不足以承担齐心协力的整体计划中最微小的任务。"

  这样的组织好像是一种巨大的命运。梅特尼科夫在他著名的《文明和历史河流》中勾画了这种巨型组织。他的文字可以出自卡夫卡的手笔。"大运河和黄河堤坝,"他写道,"肯定是几世几代精密组织的联合劳作所成。在这种不寻常的情况下,挖沟或筑坝时最微小的不慎和自私的行动,都会成为一种社会性的罪恶,变成广泛社会灾祸的源头。结果,一条赋予生命的河流,以死亡的痛苦为代价,要求大多互不相识甚至互怀敌意的人群紧密地、长期地合作。它给每个人判以苦役。这工作的用途,只有经漫长的时间才能揭晓,它的设计和施工对一个普通人来说常常是不可理喻的。"

  卡夫卡愿为那普通人中的一员。他时时处处被拥挤到理性的极限,他也喜欢把别人推向这极限。有时,他似乎与陀思妥耶夫斯基笔下的宗教大法官①一样声称:"只有我们面对着一个无法理解的奥秘,我们才有权传播它,让人民懂得,我们最重要的不是自由和爱,而是谜本身,是秘密,是他们必须俯首听命的神秘。要俯首听命,无须考虑仔细,甚至可以昧着良心。"卡夫卡并不总是回避神秘主义的诱惑。他日记中有一则写到他遇见鲁道夫·施坦纳。在他所发表的日记版本中,以下的描述至少可以反映一点卡夫卡对施坦纳的态度。他是避免采取明确的立场吗?他对待自己作品的态度当然不排除这一可能性。卡夫卡有为自己创造寓言的稀有才能,但他的寓言从不会被善于明喻者所诠释。相反,他尽一切可能防备对他作品的诠释。读者在他作品中得小心

---

  ① 译者注:宗教大法官,陀思妥耶夫斯基小说《卡拉马佐夫兄弟》中的一个人物形象,象征着作者心中对于人类重大行为的思考。

谨慎而行。我们得牢记卡夫卡诠释上述寓言时显示的阅读方式。他的遗嘱是另一个例子。就当时的情况来看,卡夫卡立下遗嘱,要求销毁他的文学遗著的嘱咐真是深不可测。这一细节,应该与法律门前的守门人的回答同样仔细地推敲掂量。兴许,卡夫卡活着的时候,每天都困扰于不可解决的行为方式问题,困惑于无法传达出来的那些情愫的交流。他临终时,有意让他的同代人尝尝他们自制的药丸。

卡夫卡的世界是一个人世剧场,他认为,人一生下来就上了戏台。人生的真谛,或许在于人人都被俄克拉荷马剧团录用。入门的条件是什么,却没有核定的标准。表演才能是最明显的标准,却好像无足轻重。但这可以用另一种方式表达:申请人所应具备的条件是能自我表演。他们若有必要能够达到自称能胜任的角色,这已是不可能。扮演这些角色的人们,在自然剧场中寻求一个位置,恰如皮兰德娄笔下的六个人物寻找一个作者。对于所有的人物来说,这个剧场是最后的庇护所,亦不失为他们的拯救。而拯救,并不是存在的奖励。如卡夫卡所言,对一个前程"被自己的前胸骨卡住的人",拯救是最后逃脱的通道。这剧团的法则,包含在《致科学院的报告》①中一个不起眼的句子里:"我在模仿着人,因为我在寻找出路,别无他意。"在审判结束前,K多少领会了这一层。他突然转向两位押着他的、戴着高高礼帽的先生,问道:"你们在什么剧团演戏?""剧团?"一位先生问道,他的嘴角抽动,转向同伴欲求解答。但这人的反应却像个哑巴,挣扎着克服顽疾。两个人显然都没回答这个问题,但很明显问题击中了

---

① 译者注:《致科学院的报告》是卡夫卡的一个短篇,模拟了一只被科学家力图训练成人的大猩猩的口吻,写信给科学院报告自己的进化情况。

要害。

所有参加自然剧场的人都吃饱喝足了端坐在覆盖着白桌布的长桌旁。"他们又高兴又兴奋。"为了庆祝,一些跑龙套的小演员扮演天使。天使站在有纷纷扬扬的彩饰、内设梯子的高台上:这是些乡村教堂的集市节目,或者是儿童的表演。这些表演,能够扫净了前面提到的童年照片中那位穿得紧绷绷、镶边极繁复的男孩眼中的哀愁。但由于翅膀是用绳子扎上的,这些天使兴许真的是作者生活中所遇到的人。这些天使的先驱者,已在卡夫卡的作品中出现。其中的一个是表演杂技的艺术家。他爬上行李架,挨近一个在荡秋千、为"初次哀愁"所困扰的艺人。主持人抚摸他,把脸贴上艺人的脸,"结果沾湿了艺人的眼泪"。另一个形象,是卡夫卡小说《美国》中的守护者或法律监护人,在"弑兄事件"之后,护卫着凶犯史玛,将他带走。他们蹑足轻步,史玛的"嘴紧压在警官的肩头"。卡夫卡的《美国》以俄克拉荷马的乡村典仪终结。

"在卡夫卡那里,"索玛·摩根斯特恩说,"有种乡村的气息,所有宗教创始人亦如此。"中国的哲学家老子对虔诚的表达于此更富意味。卡夫卡在《邻村》中提供了完美的描述。"邻村隐约地可以看见,鸡犬之声相闻。据称乡民足不远行,终老而亡。"这就是老子。卡夫卡写寓言,但他并没有建立宗教。

我们可以看出城堡山脚下的那个村庄,K 所宣称的,自己是土地丈量员的职业,在这里那么神秘,却出其不意地得以证实。马克斯·布洛德在《城堡》的后记中提到,卡夫卡描写城堡山脚下这村庄,心里想的是一个具体的地方:位于艾兹·盖堡格的苏劳村。然而,我们也能从中辨认出另一个村庄,那就是犹太教法典传说里的一个村庄。我记得,一位犹太教士在回答为什么犹太人在星期五预备过节而要进行晚宴的问题时,叙述过这个传说。传说中,一位公主流离家园亲人,远居一个村落,不懂当地语言,日日痛苦不堪。一日,公主收到一封信,说她的未婚夫并没有忘记她,已经上路来此地接她。这未婚夫,教士对此解释说道,就是救世主弥赛亚。公主是人的灵魂,她所住的村庄是我们躯体。她为她的未婚夫准备了一顿饭。因为,在她不懂语言的村里,这是唯一可以表达快乐的方式。这个犹太法典中的村庄典故,深深地进入到了卡夫卡的世界。现代人生活在他的肉体中,恰如 K 住在城堡山下的村庄里一般。他们的肉体剥脱,离他而去,对他怀有敌意,兴许一个早晨醒来,发现自己变成了甲虫。或者,被流放,被他自身流放。这种感觉已经完全左右了他们。这村庄的气氛,缠绕在卡夫卡的周遭,这就是他为何无意建立一种宗教信仰。乡村医生的马匹居住的猪圈;克兰嘴上叼着雪茄,闷坐着饮啤酒,待在那间闷人的密室里;敲门声必致灾祸,别墅大门紧闭着——所有这些,都全部属于这个村庄。村庄的空气里传染着衰败、烂熟腐朽的味道,传播着构成这种腐败的种种因素。这就是卡夫卡一生在其中呼吸的空气。他既不是一个预言家又不是一个宗教先知,怎么能在这种空气中幸存呢?

驼背侏儒

很久以前,人们知道这一点,克努特·哈姆松经常在他住处附近散步,并喜欢在他那个小城的地方报纸的读者信箱栏里,发表自己的意见。就在数年前,在这座小城里,陪审法庭审判了一个杀死自己新生婴儿的侍女。她被判处监禁。不久之后,这家地方报纸发表了哈姆松的意见。他宣称,自己即将离开这座不义的城市,因为它没有对那个杀害自己婴儿的母亲判以最严厉的刑罚——他认为,即使不是绞刑,也应该得判上一个无期徒刑。光阴又过去了好多年,哈姆松所阅读的《大地福音报》照旧出版发行。这一日,它又报道了关于一个侍女犯了同样罪行的消息,她受到了同样的惩罚,正如读者清楚地所见证的,当然没有受到最严厉的惩罚。

卡夫卡在《中国长城建造时》这部短篇小说时,留给了我们深刻的印象,促使我们有必要回忆一下这个事件。因为还没有来得及细细地对之做出解释,就有人针对这些细节写出了卡夫卡评论,热衷于对这些反应做出解释。这是为了在他的主要著作上少花点力气。对卡夫卡的作品,所做出根本错误的评价的有两条途径:第一种就是随着其字面进行解释,第二种是超越其本意过高地解释。这两种方式——不论是心理学分析方式,还是神学的分析方式,都同样没有抓住他的本质。采取第一种方式以赫尔穆特·海泽为代表;采取第二种方式的,现有为数众多的评论者,如约阿希姆·舍普斯、伯恩哈德·朗格、格勒图森。维利·哈斯也应该被视为这一派,虽然他给了我们一些颇有启示性的看法,引导我们从将要论及的较大的方面来认识卡夫卡。然而,即使这样,也不能够组织他根据一种神学的方式来解读卡夫卡的全部著作。他对卡夫卡作出了这样的评论:"他在其伟大的长篇小说《城堡》中表现的是统治者的权势,即仁慈的范畴;而在另一部,同样是伟大的长篇小说《审判》中,他表现出的是底层的权势,即法庭和惩罚的范畴。在第三部长篇小说《美国》中,他则尝试着以极严格的文体表现这两者之间的状态,即人在尘世间的命运及生活向人所提出的极高的要求。"

我们可以把这一段评论中的第一部分,看作是自布洛德以来的所有卡夫卡评论的共同财富的一部分。比如伯恩哈德·朗格就根据这种观点写道:"只要可以把《城堡》视为仁慈的所在地,那么,从神学的角度来看,这种徒劳的努力和尝试只能意味着上帝的仁慈是无法由人随意地得到和强行取得的。烦躁与心急只会妨碍和打搅神圣的平静。"做这样的解释是很容易的;然而,根据这种解释,越向前去探索,就越显然是站不住脚的。最清楚不过的是维利·哈斯,他曾说过:"卡夫卡既是克尔凯郭尔又是帕斯卡尔的……产物,甚至可以称他为克尔凯郭尔和帕斯卡尔的唯一合法继承人。这三个人探讨的是同一个基本问题,但同样艰难,非常困难,那就是:人在上帝面前永远是没有道理可遵循的……卡夫卡笔下的上层世界,他的《城堡》,以及在那个所谓城堡里那些不可捉摸的、庸庸碌碌的、难以对付的和十分贪婪的官僚们。他的那个奇怪的天堂——这一切正在同人进行着一场十分可怕的游戏……可是,人甚至在这个上帝面前也是根本没有任何道理可遵循的。"毫无疑问,这种神学观点,甚至远远落后于安塞姆·冯·坎特伯雷的论证学说,非常空疏,而且泛泛不知其所指。而且,这种解释甚至同卡夫卡原话的意思根本不相符。《城堡》恰恰写道:"作为一个官僚,能够宽恕别人吗?这,也许只有当局才能做到,然而,看来当局也不能做到宽恕,只能去进行判决。"这样的路,很快就会自行堵塞,变成死路的。德尼·德·隆日蒙认为:"卡夫卡笔下所有这一切,并不是那些心中没有上帝的人的悲惨境遇,而是这样一种人的悲惨境遇:他们尽管依附于一个上帝,然而,由于他们不明了基督教义,所以并不了解这个上帝。"

从卡夫卡遗留下来的笔记中，我们可以直接得出一些推论性结论。这样去做，其实比哪怕只阐明一个在他的长篇和短篇小说中所出现的主题还要容易。但是，只有这些主题，才能提供理解卡夫卡在创作中所探讨的这些史前时期暴力的某些启示；这些暴力当然完全可以看作是当今世界的暴力形式。而且谁能说出，对卡夫卡说来，它们是以什么名义出现的？只有一点是可以肯定的：他自己也未能弄清楚它们。他并不了解这些感觉中的暴力。只有在史前时期以犯罪的方式放在他面前的镜子中，他看到的未来是以一种法庭（它支配着这些势力）形式出现的。应该怎样认识这处法庭——这是否就是上帝的最后审判？它不会把法官变成被告吧？这种审判不就是一种惩罚吗？——对此，卡夫卡并未给予回答。难道他是在期望这种审判能有所作为吗？还是他更希望将其推迟？在他遗留给我们的故事中，叙述体重新赢得了在谢赫拉德嘴里具有的作用：将随即要发生的事不断地推迟。在《审判》中，这种延迟成了被告人的希望所系，愿诉讼不要变成判决。拖延甚至对族长也是有益处的，尽管他不得不因此交出自己的传统地位。"我可以想象，有另外一个亚伯拉罕①，他当然不可能当上族长，甚至连旧衣服贩子都干不了。不过，他会像一个餐馆跑堂那样乐于殷勤地满足祭献者的要求。但是，他无法敬献任何供养，因为他丢不开家，他是不可缺少的人物，家中的一切都需要他去照管，天天都有事要他决定，房子尚未造好，而在房子未建成的情况下，没有这个后盾，他是不可能离家外出的，连《圣经》也看出了这一点，说道：'他要管好家。'"这个亚伯拉罕"像餐馆的跑

---

① 译者注：亚伯拉罕是《圣经》中犹太人的先知，虔诚的信徒，不惜一切要献祭给上帝，甚至预备杀子燔献。

卡夫卡笔下的所有这一切,并不是那些心中没有上帝的人的悲惨境遇,而是这样一种人的:他们尽管依附于一个上帝,然而,由于他们不明了基督教义,所以并不了解这个上帝。

堂一样殷勤"。对卡夫卡说来,始终只能从人们的状态中去捕捉某种东西。而这些他所不理解的姿态细节,恰恰构成了修辞中模糊不清的地方。卡夫卡的作品正是从这种姿态中产生的。他对自己的作品采取了何等谨慎的态度,这是众所周知的。他在遗嘱中,希望后人将它们付之一炬。这一遗嘱,是任何研究卡夫卡的人都不能逃避的。它还告诉我们,作者对自己的作品是不满意的,他认为自己毕生的努力是失败的,他把自己归并到那些注定失败的人之列。而失败却在于他的了不起的尝试:就是把文学作品变成一门学问,并使作为比喻的文学作品,重新赢得那种他认为是唯一适合于它的经久性和朴实性的特点。没有任何一位作家像他那样,认真履行了"不要为自己画像"这一信条。

"羞耻似乎要比他存在得更为长久。"——这就是《审判》的结束语。这种同他的"洁身自好的感情"相一致的羞耻感,是卡夫卡的一个极强烈的姿态。不过,它有两面性:作为人的一种内在反应的羞耻,同时,也是一种社会现象。它不仅可以是在他人面前感到的羞耻,而且也可以是为他人而感到的羞耻。这样,卡夫卡的这种羞耻感,同控制它的生命和思想相比,同他个人的关系更为密切。关于生命与思想,他曾说过:"他并不是为了他个人而活着,他并不是为了他个人在思考着。他似乎是在为维持一个家庭而生活和思考……为了这个不熟悉的家庭……也不能将他解雇掉。"这个不为人们所熟悉的家庭,是怎样由人和动物所构成的,我们不知道。不过,有一点是非常明确的,即促使卡夫卡通过写作去描摹这个时代的,正是这个家庭。按照这个家庭的嘱托,他像西西弗斯搬动石头那样,滚动着历史事件的重负。这样,历史事件中为人们所看不到的一面见了天日。这一面,看上去令人不舒服,不过卡夫卡忍受得了,敢于目睹。

"相信进步,并不意味着相信进步已实现。这样的信念不能称其为信念。"对卡夫卡说来,他所生活的时代并不比原始社会更加进步。他的长篇小说表现的是一个布满沼泽的世界。他笔下的人物还处于巴赫芬称之为"乱伦"的时期。这个时期被遗忘了,并不表明它没有延续到现阶段。相反,它正是通过遗忘延伸到现代,需要比一般人更为深邃的经验,才能发现它。"我有这样的经验,"卡夫卡在最早期的一篇文章中这样写道,"我说,这是陆地上的一种晕船病,并不是开玩笑。"难怪他的第一篇作品《观察》就是从写秋千开始的。卡夫卡对经验的摇摆特性,坚持不懈地进行了探讨。每一个经验都会做出让步,都会与对立的经验混同起来。"那是夏季的一个烈日,"《敲院门》的开头是这样写道的,"我同妹妹在回家途中路过一个院子的大门。我说不清楚,她是出于恶作剧或是漫不经心敲了一下门,还是仅仅举起拳头想敲而未敲。"如有第三种可能性,就会使人们对前面提及的两种动作——它们都毫无恶意可言——产生另外一种看法。这是一种滋生经验的泥沼地,而卡夫卡笔下的女性形象正是从这样一些经验中产生的。她们都是一些沼泽地里生活的生物。比如说莱尼,她喜欢使劲地把"右手的中指和无名指"拉开,"使得它们之间的皮一直扯裂到两只短短的手指最上端的关节。""那是美好的时光,"淫荡的弗丽达在回首往事时,这样说道,"你从没有问起过我的过去。"而恰恰是过去,可以把人重新引向那黑暗的深夜,夜里在进行性爱,其"放荡到频繁的程度",用巴赫芬的话来说,"那是天下任何光明纯洁的势力都感到憎恶的,也是完全有理由用阿尔诺比亚斯说的'低级的乐趣'来称呼它的。"

只有从这点出发,才能理解卡夫卡作为小说家所呈现的技巧。当小说中的其他人物要对 K 讲点事情时,即便是那些非常重要的事务,他们也都是以一种顺便的方式说出来,仿佛什么说来都没有新奇的东西。这一切,不过是以不惹人注目的方式,提醒这个主人公再想起他已忘却的东西而已。从这个意义上讲,维利·哈斯对《审判》情节发展的理解是很正确的,他说:"《审判》所写的对象,即这部令人难以置信的著作的真正主人公,是忘却……这本书的主要特征就是把自己也忘记了……在这里,它自己也成了无声的形象,即这个被告形象,一个具有强烈思想感情的形象。""这个奥秘的中心……产生于犹太教。"这一点,大概是不用去怀疑的。"在这里,虔诚的精神作为记忆力起到了非常神秘的作用。耶和华有着非常可靠的记忆力,'一直保持到第三代和第四代',甚至到'第一百代'。这不是上帝耶和华的某一特征,而是他的最突出的特征。最神圣的宗教仪式……就是要从书本中把记忆的罪恶抹掉。"

那些被遗忘的东西,从来不仅仅是指个人的东西。有了这一认识,我们就可以向着卡夫卡著作的门槛再迈进一步了。任何被遗忘的东西都是同史前时期被遗忘的东西混淆在一起的,通过无数非持久性的、变化无常的结合,不断制造出新的产物来。遗忘是一个巨大的容器,卡夫卡作品中那种永无止境的中间世界,就是从这里显露出来的。"在他看来,丰富多彩的世界,恰恰是唯一很真实的东西。所有精神的东西,想要在此获得一定的地位以彰显存在,就必须是实实在在的,分门别类的。精神的东西,只要还能起一定的作用,就会变成精灵。而精灵又会变成只顾自我的个体,自我命名,并特别感激崇拜者的名字……众多的精灵无所顾忌地使得丰满的世界变得更为丰腴……蜂拥的精灵在这里无忧无虑地繁衍着……新的精灵不断变成老的,所有的精灵的名称又各不同。"——当然,这一段讲的不是卡夫卡,而是中国。弗兰茨·罗森茨威格在《解救之星》一书中就是这样描述中国的祭祖活动的。不过,对卡夫卡说来,他的祖先世界像那个他认为是由重要事物所构成的世界一样无法预测。只有一点,是非常肯定的,这就是他的祖先世界像原始人的图腾一样,可以转化为一个动物的世界。不过,动物不仅在卡夫卡的笔下,是一种遗忘的收容器。在克里斯蒂娜寓意深长的小说《金发的艾克贝尔特》中,一只小狗被人遗忘的名字——斯特罗米,就成了侦破一件诡秘的犯罪案的暗号。这样,人们也就可以理解,为什么卡夫卡总是不懈地设法从动物身上窥探出被遗忘的东西。描写动物当然不是目的,但是没有它们是不行的。请阅读《饥饿艺术家》[①],这个艺术家"严格说来无异于通往牲口圈途中的一个障碍"。难道人们没有见过动物在"筑巢穴"或"鼹鼠"在挖洞时,所做的无谓的思考吗?不过,从另一方面来看,这种思维又表现为某种极为心不在焉的东西。动物总是迟疑地从一种忧虑转向另一种忧虑,试探着各种危险,表现出反复无常的绝望情绪。在卡夫卡的作品中还出现过蝴蝶,那罪行累累、却又不肯认罪的"猎人格拉舒"变成了一只蝴蝶。"请不要笑。"猎人格拉舒说。有一点是可以肯定的:在卡夫卡塑造的所有形象中,动物是最爱用脑子去思考问题的。如果说贪赃枉法是司法界的一个特征,那么,动物们进行思考的特征,就是恐惧。恐惧,常常令人陷入到无所事事、只能失败的境地之中,

---

① 译者注:《饥饿艺术家》是卡夫卡的一部短篇小说,描写一个为大众表演绝食艺术的艺术家,因为被大众遗忘,无休止地关在笼子里忍饥挨饿。

然而却不失为唯一的希望。由于最容易被遗忘的客体，就是我们自己的身体，所以人们也就可以理解，为什么卡夫卡把来自内脏器官的咳嗽称之为"动物"。咳嗽，是身体的兽群中站在最前列的放哨者。

史前时期在卡夫卡身上制造出来的最奇特的杂种就是"奥德拉代克"。"它乍看上去像是一个平整的、星状的卷线轴，实际上是用线缠成的，不过用的全是些各式各样的和五颜六色的断了头、重新接起来的、相互编织在一起的旧线头。它不单单是一个线轴，而且从星星的中心还有一根横棒突出口来，在右上角还有一根小棒，同这个小横棒相连接。在一侧有了这最后一根小棒，在另一侧靠着星星射出的光芒，整个东西就可以双脚直立了。"奥德拉代克"经常变换地方，时而来到阁楼上，时而逗留在楼梯间、走廊上、通道上"。也就是说，它喜欢去的地方，正是法庭追查人们犯罪的地方。那些阁楼里堆满弃物，是一个被遗忘的地方。也许，要人们来到法庭前受审的这种强制行为，会引起类似的感觉，如同强制人们走近一个置于阁楼上的、尘封多年的箱子一样。人们非常希望这件事能尽可能向后推迟，直至K认为他的辩护词写得恰当有力，"让那位变得童稚的先生到退休之后再去干这件事。"

"奥德拉代克"是一切被遗忘状态的事物所具有的形式。这些事物都是变了形的。同样变了形的，还有"家长的忧虑"，无人知道它是什么；还有那个大甲虫，我们只知道它所表现的是格里高尔·萨姆萨的孤独；还有那个大动物，半羊半猫，也许只有"屠夫的刀才能找到解决办法"。不过，卡夫卡的这些人物形象，都是通过一系列形态同最原始的变形形象——驼背人——紧紧相连的。在卡夫卡的短篇小说所有的人物形象中，没有哪一个人物，比那个把头深深地垂到胸前的人出现得更频繁了。这就是法官们的倦意、旅馆接待处的喧嚣声、画廊参观者戴得低低的帽子。然而，在短篇小说《在流放地》中，当权者却使用了一种旧式机械，在犯人的背上刺花体字，笔画越来越多，花样繁多，直到犯人的背变得模糊不可见。犯人可以辨认出这些字体，从中看到自己犯下的却不知道的罪名。这就是承受着罪行的脊背，而卡夫卡的背一直承受着巨大的重量。他在早期的一篇日记中这样写道："为了使身子尽可能沉一些——我认为这对入睡是有好处的，我将双臂交叉抱起来，把双手置于双肩上，像一个被捆绑起来的士兵那样，静躺在那里。"在这里，负重与睡觉人的忘却是同时并进的。在《驼背小人》中，有一首民歌表达了同样的意境。这一个小人过的是一种被歪曲了的生活。当救世主到来时，他就得消失。因为教士说过，救世主不愿用暴力改变世界，只是想加以改良。

> 我走进自己的小房间，
> 想在我的小床上睡一觉，
> 一个驼背小人儿站眼前，
> 一看见我开始笑。

这就是奥德拉代克的笑声，"听起来就像是落叶的沙沙声"。

> 我跪在小凳儿上，
> 想做一会儿祈祷，

一个小人儿站眼前，
见了我开始把话讲：
可爱的小宝宝，我请求你，
也为这个驼背小人儿来祈祷。

这首民歌的结尾是这样的。卡夫卡从最深沉的地方探到了基础，这个基础既不是"神话的预知"，也不是"存在的神学"提供给他的；它既是德意志民族性的基础，又是犹太民族性的基础。即使卡夫卡没有向上帝祈祷过——这是我们所不知道的，他至少也是一个明察秋毫的人，马勒勃朗士即称此为"灵魂的自然祈祷"。正如那些信奉神灵的人把自己的一切都倾注到祈祷里一样，卡夫卡使自己笔下的人物充满了血肉，都同自己的灵魂息息相通。

桑丘·潘沙

一个故事说到，在一个信仰犹太神秘宗的村庄，安息日夜晚，犹太人聚在一家破陋的客栈。他们都是本地人，只有一个无人知晓、贫穷、衣衫褴褛的人蹲在房间的暗角上。客人们海阔天空地闲聊，随后有人建议每人都表白一个愿望，假定能如愿以偿。一人说他想要钱，另一个说想有个女婿，第三个梦想有张木匠新打的长椅。这样，每个人都轮流说了自己的愿望。表白完毕，只剩下暗角里的乞丐没有说话，他很不情愿、踌躇再三地回答了众人的询问："我愿是一个强权的国王，统治着一个大国。一天夜里，我在宫殿里熟睡时，一个仇敌侵犯我的国家。凌晨他的马队闯进我的城堡，如入无人之境。我从睡梦中惊起，连衣服都来不及穿，身披衬衣就逃走了。我翻山越岭,穿林过溪,日夜跋涉,最后安全到达这里,坐在这个角落的凳子上。这就是我的愿望。"酒馆里的人听了满头雾水,不知所以。"那这对你有什么好处呢?"有人问。"我会有一件衬衫。"他答道。

这个故事把我们带到卡夫卡世界的氛围。有谁能说弥赛亚所担负的使命,仅仅是将来某日改变我们的扭曲生活,影响我们的生存空间?这些扭曲,毫无疑问,也将是我们时代的扭曲。卡夫卡对此一定会意。由于他对此坚信不疑,便让《邻村》中的老人家说:"人生苦短,回顾我们的一生,生命如此之短,简直无法理解。以一个例子来说吧,一个年轻人决定骑马到邻近的村庄,居然毫不担忧,而这可能会出事,众多小概率事件会让这次骑行变成一桩事故,更何从担当起这段发现那如白驹过隙之时光的旅途。"这老者的兄弟就是那个乞丐,此人"平安度过"他"正常"的生命,甚至也没有时间去祝福。不过,因为突然陷入不正常、不幸的生活,他甚至连祝福也省去了。对他而言,被迫逃亡,是人生最大的不幸。他以祝福代替了愿望的实现。

卡夫卡创造物中有一族群,他们以奇特的方式对待生命的短暂。这群人来自"南方的城市","据说:'住在那儿的人根本不睡觉,——真不可想象!'——'为什么不睡?'因为他们不会累,——'怎么不会累'——'因为他们是傻子。'——'傻子不会累吗?'"可以看出,傻子就是类似不知疲倦的助手角色。这族类还不仅如此。有人说那个助手的脸是"成人或学生的脸"。实际上,卡夫卡作品中最奇怪之处,就是这些出现的学生是这个族类的代言人和领袖。"'可是你什么时候睡觉?'卡尔问,惊奇地瞅着那个学生。'哦,睡觉!'学生说,'我得先做完功课再睡觉。'"这使人想起小孩不情愿上床睡觉的情形。毕竟，睡觉时总有什么与他们相关的事会发生。"别忘了要顶好的！"我们从这个浩繁的老故事中熟知这个说法，尽管它并不出现于任何一个故事。但遗忘包含了绝妙的东西，因为它意味着救赎的可能性。"帮帮我——这种想法是一种病症，需要卧床休息才能治。"猎手格拉舒不安分、游荡的鬼魂嘲弄地说。学生学习时是醒着的，也许保持警醒是这些研习的最佳处。饥饿艺术家的绝食艺术，守门人的缄口不言，学生们的警惕，这是卡夫卡内心中所运行的一以贯之的禁欲主义的伟大法则。

这些法则的最高成就是研究一切。卡夫卡充满敬意地，将这一成就从遗失已久的儿童时代挖掘出来。"很像这情形：那是很早以前，卡尔坐在家里，伏在父母的桌上写作业，父亲在读报，或为某机构算账复函。母亲忙着缝纫，从手中的布料里伸手穿针引线。为了不打扰父亲，卡尔只把作业簿和写作材料搁在桌上。把所需的书籍放在他两边的椅子上。那是多么安静啊！又没有任何的客人来打扰！"也许，这些研究算不了什么，但是，它接近那种唯一能够贴切的空寂，那就是"道"①。这就是卡夫卡的追求，他有心全力以赴地追求这样的技术——"抡锤打出一张桌子，同时又无所事事。并不像人们说的，'抡锤对他来说是小意思。''抡锤是真正的抡，同时又空寂无物。'这样抡起锤来胆更大，更坚定，更真实，或者说更狂热。"这就是学生学习时坚定、狂热的神态，也是最怪诞的神态。抄写员、学生总是气喘吁吁，不停地奔跑。而官员则常常如此低声口述，又迅速坐下写出。紧接着又跳起，一而再，

---

① 译者注：原文为"TAO"，正是借用卡夫卡所熟悉中国老子的哲学术语，与老子的"道"类似。

再而三。多奇怪,简直无法理解!想想自然剧场的演员也许会更易理解。的确,对于他们抡锤是真正的抡,同时又是空寂,只要这是角色的一部分。他们研习这角色,只有蹩脚的演员才忘记台词或动作。对俄克拉荷马剧团的演员,所扮角色是他们早期的生活,因而是自然剧团中的"自然"。其演员已被赎救,但学生却没被救。卡尔静静地在阳台上观察这学生读书,他"翻着书页,闪电般地操起一本书,频频在笔记本上做笔记。他伏案疾书,脸惊人地贴近纸张"。

卡夫卡以此方式不倦地呈现不同"姿态",但每每为之震惊。K 与好兵帅克①来对比,十分恰当。一个对任何事情都感到很新奇,另一个则对万事无动于衷。电影和留声机,发明于人与人的关系最为疏离的时代。人与人之间存在这没法确定的中介和间接关系,并且这种关系成了唯一的人际关系。有试验证明,人们在银幕上认不出自己的行走姿态,从唱盘上听不出自己的声音。人们在这种试验中的处境,其实就是卡夫卡本人的处境。这将他导向对之持久的研究中。在研究这些问题的时候,他会遭遇自身存在的东鳞西爪,那些仍适于角色范围的断片。他可以像彼得·希勒密尔抓住自己的身影并出卖出去那样,把握住人生失落的姿态。他可能会对自己有所理解,但得耗费很大的工夫!那是一场从遗忘之乡吹来的风暴,而卡夫卡对之持之以恒的研究是向风暴冲杀的战骑。那个坐在旅店屋角的乞丐,也这样骑向他的过去,以求在亡国君主的形象里把握住自身。这样骑马旅行的想象长

---

① 译者注:好兵帅克是与卡夫卡同时代的捷克著名作家哈佩克的长篇小说《好兵帅克》的主人翁,讲述了一个有点愚笨的士兵帅克为奥匈帝国参加一次世界大战的可笑故事。

达一生的时光,与生命的过程相当,然而生命却不足以担当这旅行的意义……直到狼狈中丢掉马刺。因为没有了马刺,索性就放弃了缰绳;因为没有了缰绳,一切都失控了。眼前的大地如修剪整齐的草原,他视而不见。紧接着,马的头和脖颈都已丧失。这就是一个幸运骑士的幻想故事的圆场。这骑士踏上无牵无挂的欢快旅途,冲向过去,不再是赛马背上的负担,但遭殃的是拴在驽马背上的骑士。"坐在桶上,手握着桶把柄,勒住这最简易的缰绳,我费力地将自己推下楼梯。可一滚到底下,桶便翩然升起。美妙绝伦。趴着的骆驼在主人的棍棒下震颤,从地上爬起,也不见得如此绝妙。"①没有比"冰山的领域"更绝望的前景了,骑桶者就此灭绝,一去不返。从死亡的深渊吹来对他有益的风,与卡夫卡作品中经常吹拂的史前世界的那种风相同,这风也推助猎人格拉舒的小船。

"古希腊以及野蛮人在神秘仪式和祭祀时。"普鲁塔克写道,"了解到注定有两种最初的精灵,互相对抗,一个指向左,一直往前走;另一个则向后转,一直在回旋。""回旋",是变存在为书写的学问的方向。其导师,即"新律法者"布斯勒斯。他沿来路回旋,不顾强权的亚历山大,也就意味着摆脱了一往直前的征伐者。"他自行无碍,不与别的坐骑摩擦纠结。远离战事的喧嚣,在安静的灯下,翻阅着我们古老的典籍。"

文纳·卡拉夫特写过一篇对这故事的诠释,悉心涉及文中每一细节。他写道,"对神话的整体,有如此犀利精准的批判,在文学中是绝无仅有的。"据他看来,卡夫卡虽没用"正义"一词,但他

----

① 译者注:这一段文字取自卡夫卡的小说《骑桶者》,讲述了一个贫寒的青年骑着空煤桶向人求助,却被吹到了千里之外的冰山里去。

批判神话的出发点恰恰在于正义。一旦抵达这点而驻步不前,我们就面临误解卡夫卡的危险。他真的是用法律,以正义的名义来对抗神话吗?不,作为法学者,布斯勒斯仍从事其本行,只是他不像在做律师。在卡夫卡的意义上,这对布斯勒斯和律师职业大概是件新鲜事。被人研究却不再实用的法律才是通向正义的门径。

通向正义的门径是学识。然而,卡夫卡并没有给予这种学识以传统附加于犹太圣经研究的那种许诺。他描写的助手是失去了教堂的习事,他的学生丧失了圣典,因而在"无牵无挂欢乐的"旅途上无依无靠。卡夫卡却成功地找到了他旅行的法则,至少有一次他成功地将旅行的惊人速度与一生追求的徐缓叙述相调和。他在一个短篇里表达了这点。这篇什是他最完美的创作,不仅仅在于是一个诠释。

"虽然他从不炫耀自己,但桑丘·潘沙在数年中大有成就。在傍晚和深夜,他讲述了许多骑士游侠的浪漫故事,使他摆脱了成为堂·吉诃德那种魔鬼。对于堂·吉诃德,这种魔鬼日后随心所欲地进行最疯狂的征伐。这些疯狂事迹没有先定的目标,尽管潘沙本人应该是目标,但它们并不伤人。桑丘·潘沙自由自在,像一个哲人一般,跟随着堂·吉诃德南征北战,仅仅是出于某种责任感。因此,他一直享受巨大而有益的乐趣,直至终身。"

桑丘·潘沙,这个稳重的傻子,愚笨的助手,让他的骑士前行。布斯勒斯则比他的骑士活得还长久。是人还是马,不再是紧要的事,只要能放下背上的包袱。

摄影艺术的简史

一

摄影技术的滥觞时期，现在被浓雾谜团所笼罩，其起点，并不比笼罩在印刷术起源时代的迷雾更淡。也许，摄影发明的时机比起从前的印刷术更为明显，因为当时已经有不少人察觉到这个时机的来临。有心人不约而同地向同一目标努力迈进，都想把投射在暗箱内的影像固定住，如何形成这种影像，起码的，从达·芬奇时代以来就慢慢揭露。尼埃普斯与达盖尔经过大约五年的钻研，终于有了结果。这时，法国政府发现发明人在申请专利时遇到困难，就顺便夺取了他们的发明，给予了少量的补偿后，便将这项新技术公之于世。这样一来，这具备了日后快速发展的条件，摄影技术便不断前进。长久以来，人们不曾回头一顾。因此，在其后的数十年间，伴随摄影兴衰的历史问题，或者说理论问题，一直处于无人问津的状态。如果说今天意识到这些问题的存在，是有特定原因的，最近发表的书刊，纷纷点出一项惊人的事实：在摄影的黄金时代——也就是希尔、卡梅伦、雨果、纳达尔等人活跃的时代——是集中在摄影发明后的最初十年内,然而这正是摄影迈向工业化之前的十年。这并不意味着在最初时期,社会上三教九流没有利用这项新技术来营利。事实上,当时从事摄影这一行的人已经非常的众多,但他们的做法,不过相当于游园会上杂耍、拉洋片之类的玩意儿。至今,摄影在这些民间场合仍然出入自如,就像在自己家里的手工作坊一样——但这还不算是工业。摄影工业的发展是依靠名片一样的肖像照①才大大地扩张了消费市场。而发明这种证件照格式的人也成了百万富翁。此事背后的意义颇值得深思。人们毫不惊奇的是,如果说今日的摄影运作情形,使得前工业时期的摄影发展首次引起人们的注目的话,那是因为与资本主义工业广泛的发展有着潜在的关联。这就是为什么想依据最近新出版的图集中,那些动人的早期影像来确认摄影艺术的特性,并非是一件容易的事。

目前,任何想在理论上支持摄影艺术的企图,都显得有些粗糙。而尽管在一个世纪前,这个话题曾引起许多论辩,却尽是无稽而简化的泛论,无一能真正实现突破。比如德国一份具有沙文主义倾向的小报纸《莱布尼茨报》就是个例子,这份报纸便认为应当及时对抗摄影这项来自法国的恶魔技艺,该报的社论曾说:"想把浮动短暂的镜像固定住是不可能的事,这一点经过德国方面的深入研究后已被证实。不仅如此,想简简单单留住影像,就等于是在亵渎神灵。人类是上帝依照自己的形象创造的。而任何人类发明的机器,都不可能留下上帝的形象;顶多,只有虔诚的艺术家得到了神灵的启示,在万能的神明的最高引导之下,鞠躬尽瘁

---

① 译者注:也就是证件照。

全心奉主,这时,才可能完全不靠机器,而依靠勇气复制出人的神圣五官。"

——这样愚蠢到家的言论,充分表露了一种庸俗的"艺术"观。这种艺术观丝毫不知观察科技的任何发展,一旦面对新科技的挑衅,就好似深恐穷途末路已近。就是针对这种宗教倾向,且基本上又是反科技的艺术观,摄影理论家曾努力不休地抗争了近百年。当然,他们的努力,并未取得任何成果。这是因为他们做的,只是站在被审判席上,向审判者的权威挑战,只是一心一意在代表守旧艺术观的法庭面前,为摄影者的工作做辩护。然而,1839年7月3日,物理学家阿拉戈在国民议会上为达盖尔的发明所作的介绍与辩护,却散发着一股完全不同的气息。这篇演讲的可取之处,是在于明确指出了摄影是如何可以广泛运用在各种人类活动中。在论文中,他认为让摄影与所有人类活动交织并形成关系密切的网络。他对摄影艺术所描绘的运用范围非常大,并且为摄影绘画技术之高下做出辩解——虽然,他文中并不乏这一点疑虑——显得毫无意义,反而更彰显了这项发明所能真正触及的广度。阿拉戈说:"当一名研究人员利用新发明的工具来探究自然时,他们本身并不对发明物抱有太多期望。他们原有的期望,与伴随着这项发明而来的一连串新发明相比,显得多么微不足道。"这次演讲十分简明扼要,道尽了摄影这门新科技的运用前景。从天体物理学到文献的保存,都囊括其中,他盼望着将来可以拍摄星象,也期待利用摄影来记录埃及象形碑文。①

达盖尔的相片技术,是将涂有碘化银的银板放置于暗箱内,

---

① 译者注:阿拉戈的眼光无疑是非常具有前瞻性的,的确较为深远地展望了摄影技术的未来。

经过曝光后得到相片。摄成照片后,把它前后左右轻轻摆动,调整适当的角度以反射光线,就可以辨识其上非常微弱的影像[①]。在许多画家手中,这样的银板相片,只是成为辅助绘画的工具。英国著名的肖像画家希尔,在1843年为苏格兰教会教务大会所作的巨幅团体肖像的油画,就是根据一些个人肖像的银板画所绘制的。而七十年后,特加罗所绘制的巴黎市郊的迷人街景,也并非直接以自然景观为模拟对象,而是根据风景的明信片绘制的。不过,希尔绘画所根据的相片,也是由他本人拍摄的。原来拍摄这些相片的目的,只是为了满足画家个人的作画的基础,并无特别之处,没想到竟让他名垂后世,在摄影史上占据了一席之地。而他自己作为画家的身份,却早被世界遗忘殆尽了。他有一些关于人物头像的素描,使我们对这门新技术有了更深入的了解,远胜于他画出的一系列名人肖像所能传达的。

这些习作不是肖像,而是无名的人像,这样的头像在肖像绘画中早已存在。肖像画若留在自己家里,间隔了很长一段时间,若想去打听画中人物的姓名身份,也并不多困难。可是,历经两三代人以后,打听肖像中人物姓名的好奇心就变淡了,画像如果还完好,能见证的也仅仅是画家的技艺。可是相片隔了数代以后再观看,却让我们产生一种新奇而特别的情况。比如有一张相片,上有纽黑文地方的一名渔妇,她垂眼望着地面,带着一种懒散却非常迷人的羞涩感。照片中,有某些特别的东西流传下来,不仅仅为了证明希尔的摄影技艺。那种特别的东西,不肯轻易安静

---

① 原注:每块银版都是独一无二的,只能使用一次。在1839年左右,平均每一块银板的售价高达约二十五法郎金币,通常,它们像首饰盒里的珠宝一般被珍藏在华丽的框盒内。

下来,傲慢地引诱着我们,让我们想知道相片中那些曾活着的当时的人的姓名。甚至,我们会不断追问相片中那如此真实的人,是否依旧活着。真难以想象,那人不愿完全被"艺术"吞没,不肯在"艺术"中死去。

"而我问道:那纤长的青丝,那眼神,如何拥抱着昔日的生灵!如何亲吻那张嘴,荒谬的欲望缠卷着那张嘴,仿佛只见烟火,却看不见火焰。"或者,看一看德沃耐——他是照相者,也是题写这首诗的诗人的父亲——与妻子摄于婚礼前后的相片。这位妻子在生下第六个孩子后不久的某一天,就被发现倒在他们位于莫斯科家中的卧室里,动脉已被割断。那张结婚照片中的她,倚在他身旁,他像挽着她,然而她的眼神越过了他,好似看到了遥望着来日的凄惨厄运。如果知晓她的毕生命运,长时间地凝视这张相片,可以看出其中有多么矛盾。摄影这门极精确的技术,竟能赋予其作品一种神奇的价值,远远超乎绘画原本所能享有的。不管摄影者的技术如何灵巧,也无论拍摄对象怎样呆板,观者却感觉到有股不可抗拒的愿望,要在影像中寻找那些极其微小的闪光点,非常意外的、就属于此时此地的;因为有了这火光,"真实"就全面地照亮了相片里的人——观者渴望去寻觅那看不见的地方,那地方,在光阴至今,已成为"过去"每一分每一秒的表象之下,如今仍然栖居着无限的"未来"。这是如此动人,我们只要稍用心去回顾一下,就能发现因为对着相机说话的大自然,不同于对着眼睛说话的大自然:两者肯定是有很大不同的,首先是因相片中的空间,不是人有意识地加以布局出来的,而是无意识所呈现的。我们大致能很流畅地表述一个人是如何进行行走的,却一点也不能分辨人在一瞬间迈开步伐的准确姿态是怎样的。然而,摄影能够以放慢速度与放大细部等方法，透露瞬间行走的真正姿势。只有借助摄影，我们才能认识到日常中无意识的视像，就如同心理分析使我们了解自己无意识的冲动。医学与科技向来重视物质结构、细胞组织的研究，这方面的科学认识的发展自始至终就与相机相关。并且，远胜于那些发人幽思的风景或充满灵性的肖像。它们与摄影艺术其实关联很小。然而，摄影在科学认知方面同时还开启了表象的观点，能够揭露影像世界里非常微观的事物——相当清晰，也足够隐秘，足以在白日梦里占有一席之地。现在这些微观的物体透过摄影改变了尺寸，放大到可以清晰看出的程度。如此一来，科技与魔术之间的差异，显然只是一种历史性的变化而已。如此，布洛斯菲尔德所拍摄的植物相片令人叹为观止，他让马尾草变成古代的石柱样式，蕨类植物有如主教的权杖，花生与橡树果放大十倍后成了图腾柱，而灯绒草就像哥特风格的纹饰。因此，希尔的拍照对象，离真理不远了，因为"摄影现象"在他们看来仍是一个"蕴含伟大奥妙的经验"。即使这句话的意义不过是指，"在一架机器面前摆出姿势的感受，知道这部机器可以在瞬间产生一个视觉性的影像，而且看上去，几乎与自然本身一样鲜活真实。"

  我曾经听人说，希尔在使用相机时态度非常谨慎，但是他拍摄的人物与他相差不多，也表现了同样拘谨的态度，他们在相机前仍带着羞涩感。摄影盛期之后的拍照者，常提到一句名言"绝不正对着相机镜头看"，可能就是源自希尔对被拍对象的这种态度。不过这并不意味着动物、大人或小孩说"请看镜头"的那种情况，让照相馆顾客处于一种困窘不堪的局面。对此，最好的答复当属老德沃耐对达盖尔银版相片的观感，他是如此写道的："刚开

主教的权杖和图腾柱,摄影揭示着种种"蕴含伟大奥妙的经验"。

始的时候,人对自己第一次制造出来的相片不敢久久注视,对相片中人犀利的影像感到害怕,觉得相片里那小小的人脸会看见他。就像这样,最早的达盖尔银版相片以其非比寻常的清晰度与对自然的忠实再现,造成了令人极为震惊的效果。"

这些进入相机观景空间内最早的复制人像是没有姓名的,或者更准确地说,都并不附带图说标题。在当时,报纸依然很昂贵,买的人很少,大家多到咖啡店的读报栏里面去看报。摄影技术还尚未成为报纸的一项利器,也极少有人可以见到自己的姓名出现在印刷品上面。当时,肖像照上的面容都普遍散发着宁静祥和的气息,他们的眼神在这宁静的氛围中非常舒缓。简言之,当时的肖像之所以具有这门艺术的一切可能性,是因为时事新闻与摄影尚未建立关联。肖像特征更倾向于传统的绘画。许多希尔的肖像照是在爱丁堡的圣方济各教士墓园里拍摄的。在这早期历史阶段,没有比这更有意义的了。同时值得一提的是,那些被拍者在墓园里,简直就像在自己家中一样安适自如。其中一张希尔拍的相片,只见墓园本身恍如室内景观,像一间独立封闭的房间,墓

187

碑沿靠着分界墙边，耸立在地面上，而墓石形同壁炉，炉中央是墓碑文字，不是火焰。但场地的选择取决于技术先决条件，若非如此，这个地方可能不会达到这么好的效果。因为早期的铜版底片的感光度偏低，必须长时间曝光于户外，因此拍照者必须尽可能将人物放置在一个不受任何干扰，可让铜版慢慢曝光的地方。欧力克在谈到早期相片时，曾说过"这些相片虽然朴实单纯，却像素描或彩绘肖像佳作，与晚近的相片比起来，能产生更深刻更持久的影响力，主要的原因是被拍者曝光的时间很长，久久静止不动而凝聚出综合的表情"。曝光过程使得被拍者并不在留影的瞬间之外生活，而是生活在那种情景当中。在长时间的曝光过程里，他们仿佛住进到摄影镜头里，定居了下来。这些老相片与快照者的浮光掠影形成了绝对的对比，快照者表现的是改变中的情境。

　　克拉考尔关于这一点有一番中肯的见解，他说：在这种情况下，曝光的一刹那便足以决定"一位田径选手是否会成名，是否值得让摄影记者为他拍照，在画报上留影"。早期的相片，一切都是为了想要流传久远，不光指那些无可比拟的集体合照——他们的消逝自然可视为一大征兆，最能准确地显现十九世纪后半期的社会情态——甚至连他们衣服褶皱的样式也更加持久。这一点，只要看看照片里谢林的外衣，就能明白谢林如此穿着可以信心饱满地走向永恒了。外衣在穿着者的身上取得的造型效果，并不比他脸上的皱纹逊色。总之，这一切都符合了凡·布勒塔诺的看法。他认为，早在十九世纪五十年代，摄影家们在掌握工具方面已达到了最高境界——这是有史以来第一次，也将是未来时代的最后一次。

二

　　想要了解达盖尔照相术发明初期，能够造成多么不同凡响的巨大影响力，必须考虑到，当时户外自然光派的绘画，在最先进的画家手中已经逐步展现出全新的风貌。阿拉戈所深知的，正是在这个领域，摄影要向传统的绘画接过传承的火炬。因此，他在为波尔塔的开创性物理历史性实验成果所作的回顾中，曾清楚地评论道："关于大气不完全透明性所产生的效果①，画家本身并不期待暗箱②能协助他准确地复制这种效果。"当达盖尔成功地固定住暗箱内的影像时，画家也在此分歧点与技匠分道扬镳。然而，摄影的真正受害者不是风景绘画，而是袖珍肖像画。事情发展得非常快，早在1840年，不计其数的微型肖像画师的大部分人已经改行，成了一些职业摄影师。起初，他们只是兼职，不久便成为专职摄影师或者摄影店老板（他们原来的职业经验对新的工作也有助益）。当时摄影的高品质表现并不是归功于他们的艺术基础，而是由于他们掌握摄影技术方面的能力。不过，这一代转型期的摄影家慢慢地消失了，他们仿佛《圣经》世界中的一帮人物，受到上帝的格外庇护，都能乐享天年：纳达尔、史特尔兹内、皮尔松、贝亚尔，都活到九十多岁。然而随着事业的发展，各地的小商贩为了追逐利润，终于争先恐后地进入摄影艺术圈子。等到底片修饰法慢慢普及推广出来以后——这是二流的画家在对摄影艺术报复，摄影的品位也急速降低了。而同时，这也正是家庭相簿开始流行的时代。通常相簿是放在家里最冷落的一角，比如靠墙边的一个

---

① 原注：这种效果被不恰当地命名为"大气透视法"。
② 原注：这里指的是在暗箱内产生的影像复制方法。

小柜子，或客房内的三角桌上。多半是皮革装订封面，再加上令人厌恶的金属扣环，书页上涂金粉，有指头一般厚。相册里头排列着一张张人像，他们的穿着实在愚蠢可笑——阿列克谢叔叔与玛利亚大姊，哥蒂很小的时候①，父亲刚上大学，还有我们自己。令人羞愧的是，还要装扮成阿尔卑斯山民提洛尔人的模样，站在绘满针叶树的幕布前，吆喝着山歌，抖动着呢帽；要不然就是打扮成一个水手，倚着亮晶晶的假冒的柱杆站着，一腿伸直，一腿稍屈，好像非做这种姿势不可。这类肖像照使用的道具，如雕像的台座、小栏杆、椭圆小桌，提醒我们，那个时代的被拍者需要有个支撑点，以便在长时间曝光的过程中保持固定不动。起初需要的只是头部扶持物或支架，不久从名画获得灵感，为了满足"艺术性"的渴望，又添加了其他道具，比如第一个增添的是柱子帘幕。到了二十世纪六十年代，明智之士开始对这些画蛇添足的废物表示异议。当时，有一份英国的专业报刊曾讥讽道："绘画中的柱子看起来真实，可是摄影用柱子当道具却很荒唐，因为常见到柱子竟被直接立在地毯上。而大家都晓得，大理石或普通石柱是完全不可能建在地毯上的。"也是在当时，有一些照相馆准备了布帘、棕榈树、壁毯和画架，作为背景和假意营造的环境，可以说是一座刑房又是一座宝殿。卡夫卡有张幼年的肖像照片，可以作为有力的证明。相片中的小男孩大约六岁左右，穿着一件又窄又小，令人几乎感到屈辱的古典式样的童装。衣服上衬着过多的编带饰物。他站在一幅绘有温室冬园的风景画前，棕榈叶僵立在背景中。就像为了使这虚假的热带景观显得更闷更热，小卡夫卡的左

---

① 译者注：阿列克谢、玛利亚、哥蒂都是常见的一些名字，作者随意写出举例，犹如我们说"张三李四"。

手里还握着一顶宽边的帽子,就如同西班牙人戴的那种大帽子。若不是他那无尽忧伤的眼神,想奋力主宰这个为他设计的虚假风景,他一定会被这样的布景所吞没。

这张影像,带着无限的哀愁,与早期相片恰成对比。早期,那些照片中的人物并未像这个小男孩一样显得如此孤苦伶仃,好像被人抛弃了一样。早期的人物像,都仿佛有一道"光晕"环绕着他们,如一种灵媒之物,传到他们的眼神中,使他们有充实感与安定感。这里,也可轻易地在技术方面找到对等的情况。因为摄影技术的基础,就在于光与影的绝对连续性。从最明亮的光,更替渐进到最幽暗的黑影。这一点能符合一条法则,即新技术的出现会将之前的那些技术推动至极限。所以旧有的肖像绘画在没落之前曾造成金属版印刷法的兴盛一时。当然金属版印刷法是一种复制技术,后来便与摄影的复制术结合运用。希尔的摄影作品,如同金属版的印刷技术一般,光线慢慢从黑影中挣扎而出。欧力克曾提到,因长时间曝光的结果,"光的集聚形成早期相片的宏伟气势"。而摄影发明初期同时代的德拉洛奇,早已注意到这"前所未有"的印相过程,"如此纤巧,绝不会伤害光色的宁静"。具有"光晕"现象的摄影冲印技术,也是如此。尤其是有些集体,在拍摄集体照时留下了同聚一堂的幸福感。这种感觉仅在底片上短暂显现了片刻,随即又在"原版相片"中消失。就是这气韵的衔接,有时仍缭绕着已经过时的椭圆相框,美丽而适切。因此,摄影的这种初始形式常被误以为强调其中的"艺术完美性"与"高尚品位"。在拍摄这些相片的场所,对顾客而言,摄影师们代表了新兴科技学派的技术师。而对于摄影师而言,每一位顾客都是新近崛起的社会阶层的一员。"光晕"栖息在他们身上,甚至深入到他们外衣的褶皱与领结的凹痕之中。"光晕"并不仅是原始照相机的产物。当时，被拍对象与技术彼此配合无间，而到了日后没落时期，两者却完全背道而驰。不久，光学仪器的发展提供了足以完全征服黑暗的工具，能忠实反映自然现象。利用最明亮的镜头以压制黑暗，将"光晕"从相片中驱逐，正如主张帝国主义的资产阶级将"光晕"从现实生活中驱逐一样。可是从1880年起，摄影艺术家却致力于模仿"光晕"，挖空心思，运用各种修饰手法，尤其是借助一种名为上胶的技法来假造。因此幽暗的背景再度流行，反映出人造的光影，并蔚为风气。这至少可以看成是当时"青年风格"或"新艺术潮流"的偏好。光影虽晦暗微弱，人物的姿态却越来越显得造作，表现出僵硬刻板的状态。更显露出，这一代摄影家在面对进步的科技时是多么无能。

然而，摄影最具决定性的，还是在于摄影家与其掌握的技术之间的关系。瑞赫特曾用一个美妙的比喻来说明这层关系，他写道："小提琴家必须自己创造音调，要像闪电一般快速地找出音调。而钢琴家只要敲按琴键，音就响了。画家和摄影家都有一项工具可使用，画家的素描调色，对应的是小提琴家的塑音，摄影家则像钢琴家，同是采用一种受制于限定法则的机器，而小提琴则不受这样的限制。没有一位如鲁宾斯坦那样娴熟的钢琴家，能享有小提琴家帕格尼尼同等的声誉，也不能像后者那样，展现出几近传奇的魔术般的技艺。"顺着这个比喻谈下去，摄影艺术界倒也出了一位布索尼，还有就是阿杰特。两人都有高超的技艺，并且都是先驱人物。他们各在其艺术领域内有淋漓尽致的表现，无人可以媲美，因为他们都具有最高度的准确性。甚至两人各自的选择也很相近。阿杰特原本是一个戏剧演员出身，因对演艺事业感到厌倦，放弃了舞台，从此去揭开现实的面具。他住在巴黎，终生穷困潦倒，默默无闻。他将自己拍的相片送给欣赏的人，而这些人也都特立独行，与他一样。不久前，他刚刚去世，留下了四千多张相片，经来自纽约的艾伯特收集整理后，出版了一本十分精美的摄影专集，由瑞赫特编辑出版。遥想阿杰特在世时，新闻界对他一无所知。他往往带着相片四处到画室兜售，每张只能卖上几分钱。通常，只相当于一张明信片的价格，即那种常见的风景明信片：表现城市的美丽景致沉浸在湛蓝的夜色中，还有一轮修饰过的明月。阿杰特对技术的掌握已到了登峰造极的程度。可这位大师终其一生都在贫穷的阴影中孜孜不倦地工作，却忘了在技术的巅峰插上他个人的旗帜。因此，不少后继者竟以为是他们发现了巅峰，而不知阿杰特早在之前已抢占了这一高端。

事实上，阿杰特所拍摄的巴黎影像，预示了超现实主义摄影的来临，为超现实主义艺术的后期方阵开辟了先路。摄影在其没落时期，因墨守成规的肖像照而显得乌烟瘴气。阿杰特出来打头阵，对之进行消毒，净化了污浊的空气，使一切重新回归到明朗的状态中。他下手的头一个对象就是"光晕"——也就是近年来艺术摄影致力追求的价值——把实物对象从"光晕"中解放出来。当时，先锋的一些杂志如《观念》或《大千》刊登了一些相片，配上地名作为图解："威斯敏斯特"、"里尔"、"安特卫普"或"布鲁塞尔"。相片中只见残断细节的影像，如一节栏杆，秃光的树顶，枯枝横在一盏煤气灯前，石墙、灯架以及一个救生圈，其上还写着城市的名字——这些相片只是将阿杰特发掘的图片，尽可能原本地展示出来。阿杰特寻找那些被遗忘、被忽略的景物，因此，他的影像正与那些城市之名所挑起的浪漫的想象

纯净的镜头凝视那些被遗忘、被忽略的景物,在环境与人之间寻找出一个有益于观察的距离。

完全背道而驰。这些影像把现实中的"光晕"给排干,好像把积水排出一艘半沉的船一样。阿杰特对于"标志美景"和所谓的"名胜地点",几乎总是忽略,仅仅从旁经过而已。但是他却会为了某些特殊的景象而驻足,比如排成长列的短靴,或从傍晚到次日凌晨停歇在巴黎建筑庭内的成排手推车,或者杯盘狼藉的餐桌。这种景象大同小异,成百上千,随处可见,但在他的照片中总是呈现别样的风貌:比如位于某街五号的妓院,门牌号码"5"大大地出现在墙上四个不同的地方。然而更为奇特的是,他几乎所有的相片都空无人影:亚格伊门旧城遗迹空荡无人,庭院、露天咖啡座空无人影,泰特广场渺无人迹,好似本来就应该这样一般。这些地方并不是荒废偏僻,而是缺乏现代活力。相片中的城市,似乎已经撤退一空,犹如尚未找到新屋主的房子。超现实主义摄影便依靠这种潜能,在环境与人之间寻找出一个有益于观察的距离。任由受过政治规训的凝视眼神,在其中穿梭自如。在这样的眼神的注目之下,传统的那些富有亲和力的家居生活的题材摄影,便把空间腾了出来,留给了清晰明显的局部的景物细节。

三

显然,在人们最不以为然的商业肖像照里,这种对于新的注视眼光下,比较难以去接受。再说,要摄影工业放弃人像摄影,是很难办到的事。不能理解这一点的人,那些俄国所出品的优秀影片能够给他们上一课。它们会让他们明白,社会环境与风景只向某些摄影家显露出真貌。因为,只有他们,才晓得如何捕捉社会环境和风景在人脸上微妙的表露。然而,能够实现这些可能性的条件,几乎完全取决于被拍者的状况。以往这一代人都并不希望

195

以相片以社会状态的方式流传后世，反而都希望自己能退缩到生活空间内——像叔本华于1850年左右在法兰克福拍的一张肖像照。他整个人都深深地陷入在一个扶手椅内。如此，这一代人将生存空间注入了相片，但并未将他们的美德流露其中，流传下来。就在这时，也是数十年以来第一次，俄罗斯电影让民众在摄影机面前有所行动，但不再是为了一般的拍照目的。人的面孔即刻在相片中透露了一种新的、无法测度的意义。但那已不再是肖像照了，那将会是什么？

有位德国摄影家，以他卓越的成就答复了这个问题，奥古斯特·桑德结集了一系列面容，绝不亚于爱森斯坦或普多夫金聚集在电影中那种气势雄伟的容颜特写。桑德采取的是科学的观点，他将整部作品分成七组，对应特定的社会阶层的人士，打算分成约四十五集出版，每集包括十二张相片。目前，已经出版的是一本收录了六十张相片的选集，为人们提供了源源不绝的材料以供观察。桑德从农民即根生土地者开始，引导观察者通览各阶层、各职业，上自社会文明的最高阶层，下至普通的智障者。桑德从事这项艰巨的工作，并非以学者身份自居，也并未受到种族或社会理论的启示。而是，如他的出版人所言，出自他所谓的"直接的观察"。他的观点是自然没有偏见的，倒是具有胆识，以及深怀歌德所谓的温柔体贴："有一种温柔体贴的经验，以内在的精神来确认客体对象，进而升华成为真正的理论。"

也难怪，因此有一位观察家德布林指出了桑德这部作品的科学特性，并对之给予很高的评论道："有一种比较解剖学，可帮助我们认识自然，了解器官组织的历史。同样，桑德也提出了一种比较摄影的科学，超乎细节而采取科学观点。这部非凡的作品，如果因经济因素而无法顺利出版,那实在真是很可悲的!我们对出版者,除了给予衷心的鼓励外,也有更明确的期待。像桑德这样的作品,可以在一夜之间出其不意地成为时事新闻。我们所面临的政权转移,使得增进与强化面相学观念已成为当务之急。一个人不管出身右派或左派,都必须习惯于别人根据他的出身来检视他——而他自己也同样要如此看待别人。就此意义来看,桑德的作品不仅是一本图像集,也是一册练习簿。"

"在今天这个时代,我们能够得以聚精会神地观看自己的相片,或者亲朋好友、心爱的人的相片。与之相比较而言,却没有任何艺术作品能获得同等的青睐。"早在1907年,利奇迈克便写下这段文字。他从审美鉴赏的研究转向社会功能的研究。只有从这个角度出发,才能看得更深远一点。有一个颇有意义的现象是,一般的辩论总是坚持局限在和"摄影作为艺术"相关的美学上,相反像"艺术作为摄影(或艺术以摄影形式呈现)"这种更确切地具有社会内涵的问题,却很少受到人们的注目。然而,艺术作品的摄影复制物,对于艺术功能有着很重要的影响,其意义与摄影的创作并不相同。换句话来说,其意义与完成一幅多少具有艺术品位的影像完全不同,因为在此,被拍的事件呈现在照片中如同相机猎得的"虏获之物"一般。的确,业余摄影者带着胜利战果——原版艺术相片——回家,他那高兴的程度,并不亚于携回丰盛猎物的猎人。甚至,他的"猎物"多得需要开一家店才能卖完。不久的将来,满满地刊载摄影图片的期刊,必然会远多于出卖山珍野味的猎物店。不过,在这里我们先得把"射猎"这个比喻放在一边。我们回头再看看摄影之为艺术和艺术之于摄影,两者之重点截然不同,任何人都可以看出来。要欣赏一件复现艺品——尤其是雕塑,而建筑更是如此——看摄影的复印本,比面对实物要容易得多。一般多倾向于把这一点归咎于人们今日对艺术的感受力已日渐衰微,认为当代人已放弃到现场查看的这个努力。但是人们应当承认,复制技术的训练,对人们感受规模巨大的作品已造成了非常巨大的改变。人们已不能再将艺术品视为个人创造的私有物,因为它们已变成强大的集体产物,必须先把它们缩小,才能吸收消化。总而言之,机械性复制是种减缩化的科技,使人们在某种程度内能够掌握作品,否则,这些作品将毫无艺术意义。

如果要探究,当代艺术与摄影之间的最大特性是什么,那便是艺术品复制相片对两者造成了一种尴尬的紧张对立关系。对这项复制的技术性大有影响的摄影家,多半都是画家出身。他们曾努力以鲜活的方式,使绘画材料更接近现代生活,接着,他们又转身背离了它。他们越是在意于当代,他们提升绘画品质的动机,就越显得可疑。因为跟八十年前的状况一样,摄影艺术又从绘画手中接下了接力棒。莫霍利·纳吉说:"进行新创造的潜能,往往包含在旧的形式、工具与模式当中。刚开始这些旧事物因新事物的出现而显得过时,可是,在新事物的压迫之下,又会出现一时的回光返照的态势。于是,它们最后一次绽放光彩。比如说,未来主义绘画(静态的)对运动的延时性展示,对短暂时间的赋以形态,提出了一些清晰的问题(后来又自行取消)。而当时,电影早已存在,只是还未成为严肃艺术思考的对象。因此,我们可以将现今有些运用具象表现方法(新古典主义和真实主义)的画家们谨慎地视为新具象视觉艺术的先驱,而这项新艺术,在不久以后,便只采用机械技术方法了。在1922年,查拉曾提道:"正当一切名为'艺术'的东西都已经瘫痪麻痹,摄影家们却亮起成百上千只烛光。感光纸则将日常事物勾勒出来的黑色轮廓缓缓吸收。一种具有力道的闪光,细致而冷峻,其重要性,远超过任何星光所能带给我们的视觉享受。"有的摄影家从传统艺术进入了摄影,不是为了投机取巧,也不是因为偶然,或贪图方便。如今,他们成为专家中的前卫者,是因为他们的艺术经历促成了他们。他们不至于陷入当今摄影的最大危险:倾向于装饰。斯通先生就曾说道:"摄影,作为艺术是个非常危险的领域。"

当年,摄影从桑德、克鲁尔、布洛斯菲尔德所塑造的文化环境中脱身而出,也就是从单纯的一门新技术,也就是从政治、科学的利益中解放出来,变成了一种"创作"。从此以后,摄影的目标多在通观全景。摄影艺术的撰述者登上了舞台,"精神战胜了机械,将机械获得的准确结果,解释为生命的隐喻。"

现今社会秩序的危机越是增大,就越发可以看到每一时刻皆充满强硬的冲突,以及最彻底的对立矛盾。而创作——其基本特色是多变,以变化为父,模仿为母——愈成为崇拜的对象,其容貌唯有靠流行中的照明灯效才可能存在。"世界是美丽的",是创造的俗话。这句话屏蔽了摄影的姿态,因摄影可以随便拍一个放置在任意空间里的罐头。可是对于人与人之间的关系,即使身在其中的人,也未必能掌握,这种摄影不是为了认知,而是为了显示艺术体裁的商品化,甚至连最异想天开的题材也不容错过。然而,这种摄影创作的真正面目,是商业广告或类似的东西。因此,它真正的敌对者是去除面具或重新构筑意义。这是因为如布莱希特所说的:"连一个简单的'现实之复制'也比过去都更懒得去解释任何的现实状态,因此情况变得极为复杂。像拍摄克虏伯工厂或通用电力公司的工厂时,相片对这些机构的内在真相几乎无所透露,能够显现的只有外在。而真正的现实却是在功能方面,比如工厂把人类关系物化的事实,就并未在表现工厂的照片中传达出来。所以,必定证实好'有什么应当建构'某种'人为的'、'制造出来的'东西必须要指明出来。"

超现实主义的成就,便是为这种摄影的建构开路。摄影创作与摄影建构互相冲突的第二阶段,便是苏俄的电影。而理所当然的是,俄罗斯导演的伟大成就,只有在一个摄影不凭冲动或者暗示,而是依赖经验与学习为基础的国家才可能产生。从这个意义上来说——也唯有就此意义,1855年,那位喜欢舞文弄墨的空想画家维尔茨为迎接摄影所写的一段辞藻华丽的文字,我们今天看来觉得还有意义:"几年前,诞生了一部机器,成为我们这个时代的荣耀,这个机器天天使我们的思想震惊,使我们的眼睛讶异。不到一个世纪的光景,这个机器将会变成画笔、画板、颜料,以及灵巧、习惯、耐心、眼光,还有笔触、颜料色块、透明色泽、素描线条、优美的造型、完全度,逼真感。不要以为,达盖尔银版照相术杀害了艺术。当银板照相术这个巨人儿童长大后,他的技艺与力量将会茁壮成长,这时艺术之神会忽然伸出手来捉住他的颈背,大声喊道:好啦!现在你属于我了!我们要一块儿工作了!"

与他的这一段话对照来看,四年后,波德莱尔在《1859年的艺术沙龙展览》一文中,也对读者谈到这门新技术。他的措辞却是那么冷淡,甚至是非常悲观的。与前文引用的文句对比,我们如今再读波德莱尔的文章,不能不调整一下重点。只是,波德莱尔的文章与维尔茨的热心恰恰成鲜明对比,具有犀利的辩论意义,对艺术摄影的任何创新之举,他都严加批评:"在这个可悲的日子里，有一门新工业崛起，使人们愚蠢的信仰走火入魔。人们相信，艺术必然是，而且只可能是，自然的准确复制。复仇心很重的上帝，答应了民众的欲望。于是，达盖尔成了摄影的弥赛亚。"还有这样的句子："如果容许摄影取代艺术的几样功能，那么摄影很快就会将艺术完全地取代与破坏了，因为摄影在群众的愚笨中，找到了她最合适的伴侣。所以，摄影必须重拾她原有的义务，仅仅尽她作为艺术及科学的女仆之责。"

然而有一点维尔茨和波德莱尔都未曾注意到的指向，是基于相片的真实性。报道与真实性并不总是能联上关系，因为报道中的相片是靠语言来相互联结、发挥作用的。将来照相机会越来越小，也会越来越善于捕捉浮动、隐秘的影像，所引起的震撼，会充分激发观赏者的联想力。这里，一定要有图片说明的文字介入。图片说明借着将生命具体的情境做文字化的处理，从而能够与摄影艺术建立关系。缺乏了这一过程，任何摄影艺术的建构，必然会不够明确。阿杰特的相片会与犯罪现场相片相提并论，这一点并非徒然。我们城市的每个角落难道不都是犯罪现场？每个路人岂不都是犯人，摄影家——他们是占卜者的后代——难道就没有责任在他们的相片中揭发罪行、检举犯人？有人曾说过："将来的文盲，将是那些不懂得摄影的人，不只是不会书写的人。"但是一名摄影者若不知怎样解读自己的相片，那就跟文盲一样的闭目塞听？图说会不会变成相片的最本质因素呢？就是借着这些问题，达盖尔照相术发明距今九十年的时间，卸下了历史的包袱与压力，犹如放电一般。就在这火光微微的闪烁中，最早期的相片从我们祖父时代那平凡日子的阴影中，慢慢浮现出来，显得如此之美，又如此遥不可及。

代后记 大众、经典和文艺之霾

陶　林

　　最近,我受邀主持编译了一套西方经典文丛。该丛书所选编的,都是些人类历史颇有影响的现代文化经典,有故事、小说、随笔、随想、回忆录、哲学思想论著。在编整这些文化经典作品的过程中,我一直在想着,将来它们陆续出版后的某一天,会是哪些读者从丰富得迷人眼目的图书商品世界里选中它们,阅读它们,内心又会产生怎样的情愫和感想。我非常憧憬那一刻的情境:一位美丽、知性的女子,在书店投影灯的光晕之中,取出了诸如卢梭的《漫步沉思录》之类的著作,看得不觉入迷。然后这部书被她带到家中,卧室内,书房里,坐着,躺着,入神或者慵懒,慢慢地品读,用心之程度,犹如在阅读一封我替无数经典作家们匿名寄出的情书……

　　当然,我清楚地知道,这是在自我催眠,也是在自我"媚俗",白日梦般幻想一个大众与文化经典卿卿我我、甜蜜无间的景象,而罔顾大众与经典,以及经典背后的人文精神越走越远的事实。比之想象"长发美女"、"情书"这样的广告性的意象,不如更清醒地去辨清当下时代里大众与经典的关系。这点，对于我这样一个长久以来习惯于奔跑在文艺经典道路上的人，跑进当下文化的"寂静岭"，如同在浓雾重霾中辨别前行的路那样迫切。

经典的多普勒效应

我们知道，不管一个人在意与否，人类财富的积累，分为精神财富和物质财富两种。这两者都是财富，无论有形或者无形，对于本来两手空空发展族群文明进化的人类来说，它们都同等重要，并寄托着"财富"概念下的相同属性，即需要挖掘创造，需要积累，需要流通、消费与增值发展等等。甚至，就连"争夺"，也是财富守则的一部分，否则也无以解释人类历史上战争何以如此之多。

财富关乎着利益。在人类进入所谓"历史的轴心期"以后，"利益"二字成为历史的主角，成为万物的尺度。事实上，人类历史，特别是接近晚近历史的绝大多数争端，既不为美女之爱，也不为荣誉，更不会为道义，仅仅是"利益"的暴力分割仪式。所以，我们已经无法想象，古希腊人号称为美女海伦打一仗是如何说得通的，但深谙"夺人的宁式床、抢人的钱粮"之道。然而，历史的诡秘在于，人们善于计算物质财富，却从来没用心计算过精神财富的多寡得失，更不善于计算精神财富付之阙如的代价。我们对之的态度，始终是模糊性的、隐喻化的。事实上，精神之为财富，并不是什么神秘事件，也没有任何超凡的魅力可言。精神财富，来自于人对自我的内在挖掘，但更与"物世界"有着严丝合缝的对称关系。精神财富，与矿产、消费品、新技术新发明的流通一样，依然可以表现物质财富一切的"物性论"。

我之所谓"精神财富"的一个重要象征，就是人类历年累积下来的经典作品。说得更具体一点，就是那些书，各类经典的著作。对于这些经典的消费，其实代表着精神财富的丰裕程度。当一个民族较少去消费那些经典的时候，等于他们漠视了一大块的公共资源和人类财富。这里对精神财富的"消费"不仅仅是"占有"、"拥有"这么简单，还要被阅读，被理解，被内心化，移风易俗等等。

如果我们用心感受一下物理学的"多普勒效应"在文化世界的表现，将毫无疑问地发现这一点：当经典与大众越来越近时，经典的声音越发尖锐，强度就会放大；它距离大众越来越远的时候，经典的音频就越发低沉，强度变弱。这一经典的多普勒效应，尤其从文艺复兴时代到二十一世纪初的这段文艺历史演变，可以清楚地证明这一点：由经典所构建的那个世界一度离我们很近，但现在正在慢慢离我们远去。

在文艺复兴时代，所谓"大众文化"与"经典文化"实质上完全混合在一起：莎士比亚只是为养家糊口编写那些剧本，塞万提斯写《堂·吉诃德》也只是为了好玩逗趣……这些现在看来是标准经典的作品，在当时看来是纯粹通俗的东西，却能够在大众当中引起强烈的反响，影响并塑造很多人的内心。这种状况，在以后的时代发展中不断强化。后来者，无论是狄更斯、巴尔扎克、雨果、契诃夫，还是托尔斯泰和陀思妥耶夫斯基，这些今天看来的"文化巨人"，也只是当时的流行作家，甚至其流行程度丝毫不亚于现在所谓专业的畅销书作家们。他们身上多少有点离经叛道的味道，比当时尊为"正统"的作家们，更丰富，更有争议，也更有影响力，也更有冲击性地拓宽了经典的航道。

在人类为利益分割的暴力时代,经典作家往往代表着人类理想的那一部分,对未来美好的期盼、向往、良知的呼声,对新道德、新人的期许等等。他们写作、出版文化经典的时代,并非刻意要立足多么高远,但往往能够极大地影响整个时代的精神。在他们成为"巨人"的时代,经典与大众之间的距离达到无与伦比的贴近的地步,人类生活也面临着古典—现代的巨大转变。相比较公元一世纪前后的"历史轴心期",我以为十九到二十世纪前后才是人类整体精神变化最大的轴心期。这整个时期,从物质形态到意识形态,不同于过往时代自然式的发展,完全是人类创造与设计的结果。从某种意义上来说,那些经典作家因为与大众靠得如此之近,实际上他们参与设计了现代人新精神、新伦理、新语言、新风貌……称呼他们为"人类灵魂的工程师",倒也并非过誉之词。

然而,到了二十世纪初开始,文化经典的音频开始变得低沉,强度也开始变弱。正是这一时代,是尼采所预言的"偶像黄昏"的时代,是艾略特称为"荒原"的时代,是曼海姆称为"漫漫长夜"的时代,是卡夫卡惊恐的"城堡"统治的时代,是本雅明所谓的"机械复制时代"……我们确凿可知的,这种鲜明的多普勒效应表明:经典在现代距离大众越来越远了,因为在当代,确认一个有"经典气质"的作家实在太难了,一个能为大众广泛认可又能产生深刻影响的作家也太难出现了。而那些能够掌握大众阅读风向的作家,往往仅仅是古老的"讲故事的人"的现代翻版——他们本身就是现代大众的一部分,用大众的无聊来装点自己的成功。

经典时代的作家,就这样与大众越走越远,好似慢慢去了另一个世界里。而其实,文化的精英和大众已经各自活在了两个世界里:一个是号称纯粹为艺术而艺术的云端世界,一个是现代的开心馆、美丽的新世界,中间隔着的,是层层的迷雾与浓重的理解之霾。因为这种两个世界的背离,从某种意义上,我们对于"经典"的理解也全然物是人非了,甚至传统经典世界那种"巨人般"的作家已然成了黄昏里废弃的偶像。对于当代人,他们面目模糊,也很难进入内心,他们成为一个个的"知识点",成为一个个的风景区,他们连同他们造就的经典,一股脑地成为了历史遗迹。倘若一个现代作家意欲站在他们的巨影下成就文化抱负,他所继承的,绝不会是经典的荣光,而是无尽的孤独。

目前,尽管包括有诺贝尔文学奖所造就的文化体系在竭力维护旧有的、经典作品层出不穷的世界。似乎我们能看到优秀的作品也不少,甚至有经典气质的作家也很多,但大众对文艺经典时代的记忆却越发显得遥远与隔阂,于是,也越是依赖于诸如诺贝尔奖之类的评价体系来感知经典。那也就越发显示,经典的颓败呈不可挽回之势。

乌合之众与乌合之乐

我在一篇讨论卡夫卡艺术的文章里曾经说过,卡夫卡正是经典颓败时代作家的先知性的形象:他一边用手遮挡着诸如托尔斯泰这样"巨人"时代作家们上帝般巍峨的身影,一边在匆匆忙忙写下自己的感受。他所刻画的自己,则是一个饥饿艺术家,面对着把约瑟芬的口哨当成偶像崇拜的耗子民众,饥饿到想死都死不了的程度,却依旧无人问津。

毋庸置疑,现代先驱卡夫卡的隐喻与象征是极其精准的。现代资本主义的发达、民主宪政制度的运行、自由市场的深入开拓,把"群众"变成了彻彻底底的"乌合之众"。恰如法国思想者勒庞在其《乌合之众》中说到的,乌合之众是绝对非理性的,缺乏高见、趣味低下的。不过,不同于勒庞的意见,我认为乌合之众的产生,是历史的进步,是现代文明的产物。因为,在类似斯巴达式的帝国时代,人只是帝国蚁群组织的奴隶;只有雅典式民主下的乌合之众,才会闹哄哄地要求杀死令人不爽、自以为聪明的苏格拉底。那种整齐划一,推崇高雅、经典、崇高、端庄的群体,只有在权力的规训下才能勉强以伪装的方式做到。远离了权力的规训,人们作为乌合之众,会本能在极权信念的巴别塔下一哄而散,且是"作鸟兽散"——如孟子坚信的,人其实和禽兽也相差无多。

包括卢梭在内的启蒙思想家们,强调了个人的自然权利,也就把过度传统化了的人还原到了自然状态。也因为个人权利意识的发展,才会产生现代的乌合之众。其实质,是把人们从私有化极权政治的城堡中,解放到了现代的公共空间的广场。广场没有那么多的规矩,现代人性意识、人权意识、自由意识、平等意识、民主意识都自然而然地成为共识。从某种意义上来说,这种状态,正是经典作家所畅想并召唤出来的。如此之多的人类文化经典,充满了传统秩序的质疑、对自由的向往、对平等的追索等等,世界上先有这些优秀的人文经典,然后才有现代社会的现状,才有现代"乌合之众"的产生。

在人类历史的第一个轴心期时代,经典的产生确定了大众对于经典的顶礼膜拜。那一个时代的经典,为大众建立了"一神中心、等级分明、秩序井然"的古典秩序。不同于那一时代,现代"乌合之众"的诞生,对现代的经典,却有着致命的解构力和消解力。仿佛是应和着科学技术的发展速度,十七世纪的文化经典很快否定了十六世纪的文化经典,十八世纪的经典更快否定了十七世纪的经典；十九世纪经典几乎是全盘革命掉了之前的任何经典。到了二十世纪，二十世纪的文化经典，则全部解构掉十九世纪的经典。某种程度上，文化经典的革命性代谢速度甚至远远跑在了科学技术的前列——比方"乌托邦"经典谱系：在十六世纪以前，只是一种文学的想象罢了；到了十七世纪、十八世纪已经开始进入严谨可能性的论述；到了十九世纪，不但宣称迅速完成了"科学化"，实质已经形成了一套指导全球社会实践的理论体系；而到了二十世纪初，铺天盖地的"反乌托邦文本"也成为人类不得不读的文化经典。

通过这一事实，我们可以清晰地看到，人类的精英们实在是想得太多，想得太快，想得太远了。正如卡夫卡所说的，人的一个大毛病，"就是缺乏耐心"。精英们迫不及待地往更远的地方去，留下"乌合之众"的人群在广场上众声喧哗、不知所向。于是，当精英们在经典中为如何构建"美丽的新世界"吵个不休，吵得云里雾里的时候，古老的权力，通过那些"贱民"政治诡辩家和权术家们（尼采语）的巧舌如簧，纷纷换上了一副现代性的面具，用着很少的一点智慧，就完成了对乌合之众的拥有。他们熟练地掌握着现代乌合之众，并利用着他们翻江倒海，造就了晚近现代世界历史最为诡异的景象：一小伙似乎魅力超凡的政治强人，决定着几十亿人口的生死存亡与幸福。这种极少数人对绝大多数人的影响程度，甚至超过了帝国时代蒙古人对全球的侵扰。但随着全球政治的深入现代化，到达福山所谓的"历史的终结"之境，我坚信，这一景象将一去不复返。

而同时，也如勒庞所揭示的，作为"乌合之众"的人群绝对是非理性的。他们不会比一个单独思考的个人更智慧，更能作出最优的选择。也正因为这种理性的阙如,"乌合之众"的乐趣总是取决于大多数人中的短板。于是,"乌合之乐"也谈不上什么高雅性、精神化、智慧化诸如此类精英文化自负的东西,大众的流行选择一定是很炫目的、很有快感的、非理性的、反智的,有类于广场上催眠的霓虹灯光。正如曾在那些超凡政治强人面前毫无抵御之力一样,乌合之众的"乌合之乐"喜欢被催眠的快感。于是,在莎士比亚时代流行的悲剧作品变得十分不可思议,因为这些作品庞大笨重,需要理性和情感的充分参与。与之相对应的,大部头的现代小说经典也变得越来越不合时宜。它们阻止个人进入大众的广场,而力图把读者留在书斋内,让他一人独自去思考小说所力图透露的世界真谛。

乌合之乐憎恨深度、力度和难度,也憎恨文化经典世界所散发的神殿气息。乌合之乐所凭借的是灵魂的轻逸感,后现代主义的思想家们很精明地发现了这一点。尽管米兰·昆德拉不无忧心地反讽生命中不可承受的轻,但卡尔维诺依然确信无疑地宣称"轻逸"将是未来千年文化的主旋律。然而,"轻逸"流传中很快被"轻松"所改写,轻松的美学在乌合之众中流传,仿佛是历史必然的选择一般。

历史证明了,由于缺乏理性的控制,乌合之众最容易极端化——要么变成极权的暴力,要么就变成轻松的狂欢。当经历过如此惨重教训,把伪装成"一神代理"、"精英之首"、"真理代言"或"民族救星"的政治狂人从历史舞台上驱逐走之后,恰如前苏联思想家巴赫金所洞见的,精神世界里,狂欢成为唯一的选择,"狂欢节"成为大众唯一的保留节目。乌合之乐的一切都与"狂欢节"密不可分,大众的广场变成了一片狂欢的海洋,经典也同时被放逐。

娱乐至死怎么死

据说,伊拉克前总统、著名的独裁者萨达姆先生被捕前,一直在阅读着陀思妥耶夫斯基的《罪与罚》。这部书,他随身携带,直至他被从地洞中搜捕出来时,一道被搜出。无人能知,一向以民族复兴救星和作家自诩的萨达姆,在阅读这部书时会联想些什么。不过,他被判处绞刑时,身上所带的,却是一部传统伊斯兰的经典——《古兰经》。

这个历史的细节具有非常高明的隐喻意味:由一群"乌合之众"组成的美国大兵,号称为了捍卫现代性的核心理念(民主、自由),驱逐了自诩为拿破仑式精英的强人(也就像拉斯科尔尼科夫那样的自负),连同一道被放逐的,是现代作家的经典;最后,死亡降临,现代感幻灭了,人不得不转向更为古典时代的经典,以求解脱——或许,从某个角度,它可以象征文化经典在大众世界里的命运。

有关于现代性的大众批判,整个现代知识界用尽了火力,从尼采对贱民哲学的批判,勒庞的"乌合之众"开始,到荣格的集体无意识,到马尔库塞对"单向度的人"的思考,福柯的对规训体系的陈述⋯⋯与政客们鼓吹民众的正确性相比,在批判性思维的支配下,说尽大众的坏话,已经是现代知识分子的标签。对大众性的"狂欢"气质,知识界和思想界保持着理所应有的警惕性。太多的理论和尖锐的批评声音,力图阻止大众的狂欢,劝谕大众回归到经典的秩序之中来。这些声音,既来自左翼,也来自右翼,既来自那些保守的思想者,也来自很先锋的思想者。然而,随着技术世界的发展,似乎大众陷入"狂欢"的气氛越来越浓烈。不仅"狂欢"的频率无所不至,"狂欢"的时空也无限扩张:除了现代娱乐产业之外,电影、电视、现代传媒产业、现代体育产业、现代互联网络……无时无刻不在传导狂欢的气氛。

在我看来,这倒不是因为乌合之众的本性多么邪恶,而实在是因为是大众本身,而非精英们赢得了历史的现代性。只要没有全球性的世界大战,现代的社会体系让大众有充裕的保障,比既往任何时代更多的社会财富,比既往任何时代更多的食物、消费品、医疗保健和闲暇光阴。"乌合之乐"有全球化的释放空间,狂欢的广场可以设置在任何一个时空里,甚至是虚拟的互联网络空间里。

在二十世纪八十年代,美国学者尼尔·波兹曼在《娱乐至死》一书中提出了对无限度"娱乐"的批判。他回顾了印刷术所造就的全民阅读的时代,他指出,十九世纪高素质的阅读公民,铸造了理性的社会精神,进而爆发出人类飞跃发展的、内心健康成长的动力——这一进程,却被电视的问世给打破了。作为一种生活方式,经典阅读造就的是沉静、理性、深思。而电视这种现代的生活主角,因其娱乐化、图像化、灌输化和肤浅化,只能导致人们思维能力的退步,所谓的娱乐至死。包括影星、歌星、球星、媒体人、媒体学者等等在内的庞大"娱乐明星"代替了经典时代的真理化身般、先知般、精神工程师般、良知化身般的经典作家们,成为大众顶礼膜拜偶像。当时的波兹曼,只是针对电视发言,并寄希望于新兴的科技工具——电脑。他认为这种具有交互性的工具能够替代电视纯"读图时代"的魅惑,让经典性的阅读重新复兴起来。

时过境迁,电脑时代真的降临了,似乎大众"娱乐至死"的热情没有丝毫降低,并且整个世界已经确凿无疑地从"经典时代"转为了"娱乐时代"。大众对时代能否生产文化经典,已经毫无兴趣。因为互联网,发生娱乐的时空,获得了前所未有的开拓,娱乐和狂欢气氛的传导,变得无比畅通。我仅立足于中国文化现场观察,因为国家权力对公共空间的有力管制,"娱乐"和狂欢简直使得互联网世界成为无与伦比的"乐土"。中国人在网络外更像是传统语境里的"老百姓",而在网络中,则表现出与世界其他主要国家无异的"现代狂欢气质",那种现代性公民特有的"乌合之乐"。相形之下,在电视时代显得魅力无限的娱乐巨星,尽管依旧魅力十足,但其舞台也渐渐被自媒体时代意欲发出各自声音的大众本身所占据。世界趋于平面化,一切古老的权威和中心都在史无前例地加速解构之中,更遑论一直在批判、质疑权威的现代文化经典。

然而,在互联网时代,事实并非如波兹曼所预料的,经典的衰败是由阅读的缺失所导致的。尽管人们的"读图时代"依然在延续,可事实上今天一个稍稍断文识字的人的阅读总量,远比过去的人大得多了:各种媒体传播的新闻、微博、帖子、短信息、短笑话,铺天盖地、随处可读的广告文案、职业培训、业务文件、法律文书,各种剧集电影的字幕组等等,更毋庸说很多人会追着去读那动辄几百万字的各类网络小说。一个稍稍受教育的人,只要他把注意力投放在互联网上,每天阅读的文字都会有几万字之多。它们并没有展示出文字阅读一定要被读图和影像取代。只可惜这些阅读与经典无关,离审美和智识也很远。

在这样的状态下,娱乐至死会是怎么个死法?一个当代的中国网民,很可能是每天读过最多的文字,却同时读过最少的书,在最远离经典的地方,呼吸最稀薄的智慧,追索最无趣的趣味,浸润着最没文化的文化。或许,这并不妨碍他在网络之外,或许拥有很大的权力,坐拥很多的财富,拥有很高的学历,掌握很强的现代技能,甚至教授着最经典的文化。那么,他将是一个典型的网络时代精神湮灭的现代人:一个彻底单向度的人,一个彻底空心的人,一个彻底平面的人,一个毫无灵魂感觉的现代活死人。对于一个孤立无援的现代人,那正是"娱乐至死"的终极状态。

文艺之霾与历史终结

以我们的日常经验所知,要一个意识定型的成年人增加一点见识和趣味,是一件非常困难的事。人自身的固执比石头还要坚硬,更何况对于"大众"这样一个数量庞大的人群。而作为一个纯粹个体的个人,他的趣味将是多样的,并一定会慢慢变好的:从个人成长发展的诸多角度考虑,按照博弈原则,个人更容易去研习那些经典,以实现自我提升。"读者"永远是单数词语,但"大众"不是。被大众的文化接纳,不可避免地会进入"乌合之乐"的陷阱。人凑在一起逗乐,若不倾向于狂热,就倾向于狂欢。

互联网是公民时代的利器,又同样是"乌合之乐"的挚爱,因为它超时空地把所有人联系在虚拟的广场上,充分地"大众"化、更彻底地"乌合之众"化了。因为身份虚拟化,由互联网所联接的大众彻底绕过意识层面表达自我,更多地以潜意识的方式呈现自我。他们既没有"超我"、完全"自我"乃至"本我"化存在。在这一层面上,他们互相催眠,并非常轻易地否定掉"超我"的价值所系,所以经典在网络空间要么纷纷得以被解构,成为大众文化狂欢的笑料(诸如《大话西游》之类及全部历史架空、穿越、玄幻等等),要么就渐渐地被遗忘。仿佛人类不曾有过内心世界极为丰富的那些时代,也不曾有过属于一个人的、如此丰富的走向经典精神的通道。那种在灯下阅读一部经典的想象,只是一厢情愿的梦想——这一状况,在当下中国特别显著。

如前文所述,横亘在大众与经典以及经典精神之间的,是一道浓浓的认知之霾。这道雾霾主要由现代文化资本的恶性增殖所释放,正如现实中雾霾是由实体资本恶性增殖引发的生态灾难一样。文艺经典的存在,是"去蔽",是让主体置于澄明之境;雾霾的存在,是"遮蔽",让大众既认不清环境,也认不清自我。雾霾使得大众无法在传统的广场上互相感染,却让大众更严重地依赖于现代资本所造就的虚拟沟通网络:电视、电脑、手机以及诸如社交网站、IM(即时通讯软件)和手机短信等等。

构成这些"雾霾"的,就是大众每日所吞吐的字码、图像、音频、视频……每一个信息来源,都以取悦大众为核心价值,使得人们充分地自我、本我化,并且越来越回归本能,记忆越来越短暂,智能越来越弱,趣味越来越低下,遗忘得越来越多。于是,全球各大文化都面临这样的焦虑:人们又在慢慢进入一个"新的黑暗无知的时代"。有关于这种焦虑,无论中国、日本、欧洲还是美国、俄罗斯乃至伊斯兰世界,都无比强烈:

大前研一写作《低智商社会》哀叹大众的智能的低落;马克·鲍尔莱写过一本《最愚蠢的一代》,批判知识大丰盛下人们走向了无知;拉塞尔·雅各比所著的《最后的知识分子》哀叹娱乐时代知识分子普遍消亡;布鲁姆写作《西方正典》哀叹西方文化的正统失落,以提请大众关注经典;雅各布斯写作《集体失忆的黑暗年代》,忧心忡忡地指出,现代新人类正面临着一个文明崩塌的黑暗时代,作为现代社会的生存与发展的基石,家庭与社区、大学理念、批判性思考能力、高效政府和职业道德无不陷入衰败堕落的可悲境地……

假如说现实之霾，是处于前工业时代时期中国突出的特色问题的话，那么精神之霾，无疑是全人类真正"普世"的困境。在经典精神湮灭——重生的时代，二流的娱乐化写作、艺术生产在资本驱动下肆意扩张，已经是可见而不可逆转的趋势。所以，当代各国的青年人倒不会因为文化传统或者意识形态竞争而一分高下，反而，他们都更习惯成为资本财富增殖体系的人力资源，也不愿让自己本真过得稍稍真实一点，更像人一点。他们将因为消费掉共同的文化雾霾而陷入普遍的失忆、低趣和低智商。然后，人类一股脑地整个陷入"集体失忆的黑暗年代"——这样的年代在古罗马时代发生，是因为帝国统治阶层的纵欲无度；这样的年代在黑暗的中世纪发生，是因为信仰变成迷狂；这样的年代，在古印度、古埃及、古印第安文明发生，是因为异族的殖民暴力；这样的年代在王朝更迭的中国发生，是因为来自自然、野蛮异族和民众的暴力对腐朽王朝体制的自杀性冲击……而当它在现代降临，则冠冕堂皇地名为"历史的终结"。

我们所见证的，历史的终结不过意味着，只是精英陈述历史的时代已经过去，而大众溶解了精英。大众拥有了历史，愿意把历史变成他们乐于见到的模样，充满各种有趣的（而不需要意义）的个人的生活史。于是，历史的确这么终结了，并非说走向了"现代民主制度"、"自由公民社会"这类富丽堂皇、政治正确的辞藻，而是"轰"的一声塌陷了，大家一起同化于这个信息异常丰富又异常乏味的世界：一起失魂落魄，做无休止的乌合之乐。历史的终结，也意味着现代文明中人文文化演进的历程中止，但这似乎并不妨碍资本所支配的物世界在科技动力下日新月异。人们内心和外物一样被抹平了，只有物世界在按照技术标准演进；而人的世界，取消了深度、力度，取消了内心和灵魂的波澜壮阔，轻逸得如雾霾一样升腾、流散，互相催眠、互相遮蔽，集体迷失。

结　论

　　事实上，思考历史永远属于上帝的事情，人的若干判断，永远只能是猜测。有另一种可能存在，我们如此轻易地说历史终结，只是因为我们对于历史的短视。我们观察到传统经典被现代文艺之雾所遮蔽，大众对之漠视，并连同对经典精神一并地遗忘，却也是因为我们身在其中罢了。在宇宙空间，尘埃聚合是星辰的开端；宇宙中雾霾深重的地方，也将是酝酿群星最多的地方。

　　历史的终结，就中国而言，或许意味着农耕古典时代的历史被摧毁，古老的文明与文化如巨恒星一样爆炸殆尽。文化巨恒星爆炸之后，只能留下雾霾重重的文化现场。追溯看来，那"五四"一代诸多的"大师"们，与其说是新文化运动硕果，不如说是古典文化最后爆发的余辉。真正的、现代的、面向未来的文化星辰，在这尘埃星云中缓缓地凝结。

　　如今，一片灰霾的现状才是新文化酝酿的真实处境：大众陶醉于乌合之乐，用不着去分清什么是好，什么是坏，什么是趣味，什么是恶趣味，不愿看多深，也看不了多远。他们距离经典越来越远，距离遗忘越来越近。人们所见，不过是机械世界的繁荣昌盛和内心世界的日益萎缩。现代文化经典的巨人时代只传来零零星星遥远的回响，茫茫的文化之雾霾中，他们依稀靠着更久远时代的那些古典文化经典，为自己寻找一条可以让内心勉强前行的曲径。

在全球视野内来看,包括波兹曼、布鲁姆在内的很多坚持现代传统西方知识分子,以为二十一世纪当下问题,有必要返回十九世纪,让人们慢下来,依赖现代教育强大的规训力量,让青年一代离开信息过度的视听娱乐文化、互联网、手机,回归到现代经典阅读当中。当然,这只是书生言,不过也部分被持文化保守主义的英美政府所采纳,其效果如何,尚待时日验证。

霾与灵(靈)在古汉语里,是十分接近的两个字,都代表着轻与弥漫。今日代称内心的所谓"灵魂",在古人眼中,不过是比尘霾更轻的存在。即使在今日的一片灰霾之中,人们的灵魂都不由自主地飞快地前行,运行得太快了,这是非常耐人寻味的。因为对经典的远离、乌合之乐和轻松美学的弥漫,现代失魂落魄的人们无从感知端庄厚重的经典之美,能清晰感受的只有存在之重,却无从直面内心的存在。层层的遮蔽,层层的扭曲,实质上,在我们时代里,人的处境,并不比既往任何时代更美好。其实,既不美,也不好。这使得我更坚信,历史终结并无实质意义,而经典的精神也不会真的无限远离的关键所在:人总是想要自己缺乏的东西,当现代人意识到需要重温"认识你自己的"太阳神箴言时,他会因灵魂的凝聚而驱逐雾霾,慢慢认清自身处境,发现矗立在荒原和废墟之上孤立无援的自我。那一刻,他告诉自己说,要有光——便燃亮了新经典精神的光照。

2014 年 3 月 19 日

本雅明年表

1892 年 7 月 15 日,生于德国柏林。

1912 年高中毕业,在南德弗赖堡进大学研习哲学,同年回到柏林继续哲学专业的学业。

1913 年,于圣灵降临节(约 5 月下旬)生平第一次前往巴黎游玩。

1914 年,成为"自由大学生联盟"的主席,同年结识他后来的妻子朵拉·波利卡。

1914—1915 年,写成第一篇文章《谈荷尔德林的两首诗》(1955 年发表)。

1915—1917 年,转去慕尼黑继续念大学。

1917 年,与朵拉·波利卡结婚,并迁往瑞士伯尔尼居住。

1918 年,儿子斯蒂夫出生,同年结识布洛赫。

1919 年,在瑞士伯尔尼以论文《德国浪漫派中的艺术批评概念》获博士学位。

1921—1922 年,撰写《歌德的亲和力》。

1923 年,结识了阿多诺;翻译作品波德莱尔的《巴黎风光》出版;开始写作《德意志悲剧的诞生》。

1924年从5月到10月,在意大利编写一部悲剧剧本;结识卢卡斯并开始研读马克思主义理论。

1925年,尝试以撰写的一部悲剧剧本在法兰克福大学获得教授资格,结果失败。

1926年12月至次年1月,造访莫斯科。

1927年,开始写作《巴黎拱廊街》。

1928年,《德意志悲剧的诞生》和《单向街》出版。

1930年,与朵拉·波利卡离婚。

1933年3月,开始流亡巴黎;4月到9月间,再次居住在西班牙的伊比扎岛。

1934年7月到10月间,在丹麦造访布莱希特。

1934年10月至次年2月,在意大利的圣卢莫市居住;成为法兰克福社会研究所正式成员;法译《机械复制时代的艺术作品》在《社会研究杂志》发表。

1936年,第二次前往丹麦造访布莱希特。

1938年,最后一次前往丹麦造访布莱希特。

1938—1939年,年末及元旦前后在意大利的圣卢莫与阿多诺最后一次会晤。

1939年9月至11月,被拘禁在法国尼维尔的自由工人营地;《论波德莱尔几个主题》在《社会研究杂志》发表。

1940年,构思《论历史概念》一文的提纲;在霍克海默的周旋下获得担保以及赴美国的签证。6月,离开巴黎前往西班牙边境小镇波尔特沃,试图越过比利牛斯山出逃的计划失败。

1940年9月27日,等待秘密警察(盖世太保)的通关批文时,在波尔特沃自杀。他自杀后的第二天,当地的秘密警察却同意将批文通过。

1942年,霍克海默和阿多诺编辑出版了影印版的文集《忆本雅明》,本雅明临死前构思的《论历史概念》一文的提纲,一同收入其中。

1955年,阿多诺夫妇在德国苏荷卡帕(Suhrkamp)出版社编辑出版了两卷本的《本雅明文集》。

1972年,德国苏荷卡帕(Suhrkamp)出版社开始编辑出版六卷本的《本雅明全集》,将本雅明全部作品公之于众。